小说写作速成本

新手写作要避开的265个陷阱

刘丙润/著

化学工业出版社
·北京·

图书在版编目（CIP）数据

小说写作速成本 ：新手写作要避开的265个陷阱 / 刘丙润著. --北京 ：化学工业出版社，2025. 11（2026.1重印）.
ISBN 978-7-122-48904-3

Ⅰ. I054

中国国家版本馆CIP数据核字第2025VQ6983号

责任编辑：葛亚丽　　　　装帧设计：王　婧
责任校对：李雨函

出版发行：化学工业出版社
（北京市东城区青年湖南街13号　邮政编码100011）
印　　装：三河市双峰印刷装订有限公司
710mm×1000mm　1/16　印张5　字数80千字
2026年1月北京第1版第2次印刷

购书咨询：010-64518888　　　　售后服务：010-64518899
网　　址：http://www.cip.com.cn
凡购买本书，如有缺损质量问题，本社销售中心负责调换。

定　　价：19.80元

序 言

打开公众号，搜索“刘丙润”，你便能轻松找到我。若你愿意留言或私信，我们将在这个纷繁复杂的世界里，开启一段美妙的缘分。

我先问大家一个问题：小说写作很难吗?

对这个问题的回答很容易两极分化。一些人会吐槽、会抱怨，小说写作实在是太难了！自己辛苦写了 8 年，也没有写出成绩；还有一些人表示，自己创作作品非常认真，结果被平台判定为复制抄袭，不仅这本书被下架了，就连创作小说的账号也被封禁了。

而另外一部分人则认为，小说创作实在太容易了！只需要抓一些热点选题，按照常规的小说套路创作，就很容易出成绩。就算不能达到万人阅读，达到千人阅读、五千人阅读，还是很简单的，坚持到百万字之后，收益也非常可观。

那面对同一个问题，为什么会有两种截然不同的答案呢？其本质原因在于，小说创作和大部分行业一样，都存在“技巧”，也存在“陷阱”。如果小说创作中的这些陷阱，不能第一时间规避，就很难写出优秀爆款作品。

为此，我撰写了这本书。这本书可以从三个方面帮助大家摆脱小说创作的“陷阱”，更好地辅助大家写出爆款作品。

首先，这本书会给大家详细且系统地讲解长篇小说、短篇小说创作过程中究竟存在哪些陷阱。其次，会给予真实案例，用于规避这些陷阱，帮助我们更好地提升小说作品的成绩。最后，也是最重要的，我们在第 3 部分会采访几位丙润文学的腰部作者，了解他们在成为骨干作者的过程中遇到了哪些问题，以及这些问题在当时是如何解决的。这些作者遇到的问题，许多新人作者大概率也会遇到，他们的写作经验、心得分享，将会为新人作者的创作提供更多、更好的借鉴。

同时，也由衷地希望这本书能帮助到每一位正在写小说的小伙伴。

目 录

第1部分

长篇小说创作要避开的陷阱

第1部分
长篇小说创作要避开的陷阱

第 1 章

创作前陷阱

不同于短篇小说，长篇小说在创作过程中沉没成本非常高。长篇小说通常完结字数在 50 万～400 万字之间。也正因如此，我们在创作长篇小说前，是一定要规避一些陷阱的。本章我们将会从题材、设定、大纲、章纲、书名、笔名、简介、封面、合同签订这 9 个方面，来给大家拆解清楚：写长篇小说之前，我们有哪些准备工作必须做好。

1.1 题材选择与核心设定陷阱

在具体了解小说写作的题材选择与核心设定有哪些陷阱之前，我们需要先明确一个问题：小说可创作的题材有哪些。

此处，我们直接引用目前国内最大的免费小说平台——番茄小说网，对男频和女频的题材分类作总结。需要说明的是，其实大部分小说网站的题材分类，都相差无几。

男频小说题材	男频小说题材	女频小说题材	女频小说题材
西方奇幻	都市种田	古风世情	古言脑洞
东方仙侠	传统玄幻	科幻末世	快穿
科幻末世	历史脑洞	游戏体育	青春甜宠
都市日常	惊悚脑洞	女频衍生	星光璀璨
都市高武	都市脑洞	玄幻言情	职场婚恋
历史古代	玄幻脑洞	种田	豪门言情
战神赘婿	抗战谍战	年代	民国言情
游戏体育	动漫衍生	现言脑洞	……
男频衍生	……	惊悚脑洞	

题材选择陷阱：

不同题材的市场受众不同，比如男频的“都市高武”“玄幻脑洞”，女频的“现言脑洞”等题材流量普遍偏高，“都市日常”等部分题材流量偏低。

此外，同一题材下，男频和女频流量也有所区分，选择一个好的题材往往更容易出爆款、出精品；而选择一个流量本就偏低的题材，在短期内创作很难见到成效，从长远来看，也会影响我们创作的积极性。

题材选择陷阱	
①	**避开敏感选题**。引用敏感热点事件创作的都市脑洞类选题，容易导致账号被封
②	**避免多题材结合**。比如创作一本玄幻、科幻与都市和爱情结合的故事，很有可能导致主题不明朗，或缺乏明显主线
③	**避免盲目跟风过时的热门选题**。比如末日题材，在前些年有爆款作品，现在我们再把末日题材的小说当作对标书，大概率会是南辕北辙的效果
④	**尽可能让玄幻偏向脑洞风格**。如果是男频玄幻题材，尽可能创作脑洞玄幻，而不是传统玄幻。传统玄幻节奏慢，且流量低，创作难度大
⑤	**尽量不选江湖、武侠、传统仙侠小说**。读者数量偏低
⑥	**女频历史尽可能偏向架空**。如果是女频历史题材，尽可能创作架空历史而不是历史穿越，有一定概率改编成影视剧
⑦	**图书出版避开特殊题材**。如果想要做图书出版，务必避开同人文题材、历史穿越题材
⑧	**都市修真流量远不及都市高武**。如果主角金手指可以匹配都市高武，则直接创作高武小说即可。都市修真创作难度等同于传统仙侠
⑨	**特殊题材选好平台**。惊悚、规则怪谈等题材内容创作，免费平台尽量去番茄小说网，付费平台尽量去起点中文网。其他平台，有一定概率会被下架

续表

题材选择陷阱	
⑩	**女频的游戏、体育题材流量偏低**
⑪	**特殊题材选好频道。**言情、职场婚恋、青春甜宠等题材，女频流量远高于男频

创作小说时，确定好题材后，接下来便是完善核心设定。

此处的核心设定一般泛指小说的世界观搭建，以及初始阶段的主线、支线设计。但此处的主线、支线设计并不是完整的主线、支线，而是小说开篇前我们所构思的设定。

相关注意事项与第四章中，关于小说中后期运营的主线推进与支线辅助，有部分交叉，且远不及第四章中的主线支线设计完整，所以我们在本小节不做过多赘述。

对主线、支线有疑惑的小伙伴，在看到本句话后，可以直接翻到 4.1 小节，读完 4.1 小节后，再回来继续阅读本章内容。

核心设定要避开的陷阱	
①	**时间线不要紊乱。**尤其涉及历史穿越、历史架空，或在其他题材的小说中，某一个时间节点发生过重要事件时，绝不允许出现时间紊乱问题
②	**空间维度不要紊乱。**尤其涉及某一特殊的地理位置，或对主角极其重要的区域，如果条件允许，最好手绘一张小说专用的地图
③	**社会维度必须包括文化、经济、权力，三者缺一不可。**以玄幻小说为例：文化指代修行体系，经济指代货币，权力指代宗门
④	**人物关系不要紊乱。**这一点我们会在3.2节重点讲解，此处只需记住一点，即人物不可脸谱化，每一个人物都要有鲜明的特色和人设

题材选择自查：

我选择的第 1 个创作题材：

我选择的第 2 个创作题材：

我选择的第 3 个创作题材：

我的核心设定：

1.2　大纲与章纲搭建陷阱

我们先来做一个简单区分：小说大纲，指的是整部小说的总体规划和框架，它基本涵盖了小说的核心要素，包括但不限于故事背景、主要人物、情节、主线、冲突、高潮、结局等内容；而小说的章纲则是针对小说每一章的具体规划和描述，它包含的是每一章的内容、情节、发展、人物、行为，以及该章在故事中起到的作用。

丙润文学在 2020 年就总结出了一句小说写作顺口溜：

大纲写得好，剧情写得多。

章纲写得好，节奏写得棒。

小说大纲设定陷阱	
①	**要明确小说传达的核心信息。**比如在末日中找寻一条生路，在玄幻世界中找寻秘境来增强实力

续表

小说大纲设定陷阱	
②	**避免人物长期幼稚化。**一些小说中的主角最开始心思单纯、话语偏幼稚，但随着时间推进，在小说的几十章甚至几百章后，还是偏幼稚，便很难撑起这个角色
③	**避免反派单纯地作恶。**尽可能给反派增加故事，有故事的反派往往更能激发读者的阅读兴趣
④	**设计伏笔和悬念。**在一个完整的小说大纲中，设计至少三个伏笔和悬念，往往更能提升这部小说的整体质量，让读者拍案叫绝
⑤	**情节逻辑要符合行为动机。**剧情不可强行煽情，也不可强行拉仇恨或降智
⑥	**侧重时间线与因果的关系。**要让读者有一种拨开迷雾见真章的感觉
⑦	**避免套路化。**小说中的常见套路，比如杀父之仇、夺妻之恨，在小说市场能抢占的流量偏低，尤其是传统玄幻题材。要想尽一切办法做创新，才能带来更高流量
⑧	**避免过度详细的大纲。**这一点尤其需要注意，很多新人小伙伴在写第一本小说时，对大纲尤其看重，甚至一度创作出字数超过5万、10万字的小说大纲，很显然这是不合理的。小说大纲字数在1000～5000字即可，因为我们在创作内容时，剧情走向很有可能不受控。过早创作一份完整且详实的大纲，对内容创作来说反而是束缚
⑨	**避免大纲锁死。**大纲是可调整的，绝不是你最开始设计出大纲，就一定完全按这个大纲的内容创作。尤其是创作到小说的中后期，你会发现读者的反馈以及剧情的推进，和最开始的大纲有着万里之遥，这个时候强行和之前的大纲锁死，很容易丧失读者黏性

续表

小说大纲设定陷阱	
⑩	**避免大纲过度复杂**。很多人创作第一本小说时，希望设计一种玄而又玄的感觉，把各种复杂的因素糅合在一起，创作起来费时费力不说，读者也很有可能读不明白。因此我们要牢记一句话：读者读小说是来放松的，不是来学习的。在合理的范围内让读者有所学习，是每一位作者应该做到的，但是适当娱乐也是必不可少的

小说章纲设定陷阱	
①	**避免单章节无目标**。在设计具体的章纲之前，要优先确定本章节的重点剧情。严禁章纲内容言之无物，每章最少要承担一个核心功能，包括但不限于推进主线、揭示伏笔、塑造人物、制造冲突、对比爽点
②	**避免多视角叙述**。章纲不同于大纲，章纲基本上200字左右就可以，如果频繁切换视角，不仅会提升章纲的创作难度，还会白白耗费大量的时间
③	**保证逻辑自洽**。在设计章纲时，不可以左右脑互搏，本章的章纲和下一章的章纲在逻辑上不能有太大差异，否则会导致小说剧情紊乱

大纲设计自查：

我的大纲是否有上述问题：

针对上述问题，我的更改方案：

章纲设计自查：

我的章纲是否有上述问题：

针对上述问题，我的整改方案：

1.3　核心四要素陷阱（书名 / 笔名 / 简介 / 封面）

在一部作品正式发布前，我们需要做好 4 个环节的准备工作，分别是书名、作者笔名、简介和封面。一部作品数据的好坏主要取决于作品质量的高低；但一部作品的质量在中等偏上时，数据的好坏很大程度上取决于书名、作者笔名、简介和封面。一个好的书名搭配上好的简介、封面，带来的收益远超过我们的想象，同时，一个好的笔名也是我们由小说作家迈向 IP 作家的第一步。

小说书名陷阱	
①	**避免空洞无物**。要保证足够多的信息密度，书名通常是10～15个字，要清晰地传达出小说的核心、题材、看点、冲突、金手指、设定中的任意1～3项
②	**避免没有吸引力**。小说书名一定要激发出读者的好奇心、阅读欲望、紧迫感或代入感
③	**避免定位不精准**。当读者看到小说书名时，最好有一种感觉，即这本书就是写给我看的，所以要对题材关键词把控精准
④	**避免生僻字或复杂词汇**。小说书名不需要阳春白雪，通俗一些，更能引起读者共鸣
⑤	**避免没有标点使用**。现阶段，小说的流行书名大多数是10～15个字。中间填逗号、问号、感叹号或结尾填问号、感叹号等标点符号，既能够让书名有节奏地分成两部分，又能让读者一眼识别书名中的关键词

续表

小说书名陷阱	
⑥	**避免使用英文字母或英文单词**。比如PUA这三个字母算三个字，会挤占小说书名的字数
⑦	**避免小说书名标题党**。虽然书名的首要任务是要抓住读者眼球，但绝对不能以标题党为代价抓读者眼球，否则初期的1～2星差评，很有可能会影响这部作品的推流
⑧	**避免低俗色情或有敏感词**。如果小说书名中有相关敏感词，很有可能无法签约，即便签约，后期也会影响流量
⑨	**避免侵权**。尤其是同人文侵权，比如针对起点中文网签约的爆款作品，在番茄小说网上创作同人书籍，且在书名中有起点中文网爆款作品的书名，很有可能会被下架处理
⑩	**避免书名过长或过短**。过长很有可能语言赘述，且含义不清；而过短则无法让读者记住，没有记忆点，某些特殊作品或某类特殊题材除外
⑪	**避免标点符号滥用**。比如多个逗号、多个感叹号或多个问号同时出现在小说书名中，这是不被允许的

小说作者笔名陷阱	
①	**全网查重**。避免出现与活跃作者高度相似或同名的笔名
②	**避免出现生僻字或特殊符号**。始终保证自己的笔名易记、易搜，要让读者能轻松地在各大平台或各大浏览器上找到，大家可以参考近些年爆火的实体书作者名或网络文学作者名

续表

小说作者笔名陷阱	
③	**能契合写作风格更好**。避免笔名与写作风格相违背，比如我们的写作风格是搞笑幽默，那么有一个搞笑幽默的笔名肯定会加分，如果是一个悲伤沉痛的笔名，则很有可能减分
④	**避免笔名多次更改**。如果签约多个网站平台，且这些平台是签书不签人，那么多个网站平台的笔名建议一致
⑤	**避免笔名的字过多或过少**。一般情况下，笔名在2～5个字之间
⑥	**避免使用拼音或其他语种字母**。这并不能给笔名带来高辨识度
⑦	**避免侵犯他人权益**。包括某些名人、历史人物、商标名称或品牌名称，均不可以使用，以免带来侵权或其他问题
⑧	**避免违法违规**。笔名中不可以包含低俗色情，具有侮辱性、歧视性的内容
⑨	**避免恶意碰瓷**。比如把笔名起成“糖加三勺”或“我不爱吃西红柿”，这并不能给你的作品加分

小说简介陷阱	
①	**避免平淡开场**。比如“这是一个关于什么的故事”“在某一个大陆上发生了一件离奇的事”，这种老套路简介，留不住读者
②	**原则上，主角必须出现**。且要标记清楚主角身份、特质或初始状态

续表

小说简介陷阱	
③	**避免主角没有核心驱动力**。主角的目标、主角的渴望，是这本书的核心，也是读者最希望在简介中看到的内容
④	**避免主角没有冲突阻碍**。有冲突就会有矛盾，有矛盾就会有主角做某件事的缘由，所以一定要塑造出一个核心矛盾，这个核心矛盾可以是强大敌人、残酷环境、内心增长或命运转动等
⑤	**避免没有看点**。这个看点可以是金手指，可以是世界观，可以是特殊的CP，也可以是趣味日常或极致的伤感
⑥	**尽量突出金手指**。金手指泛指：只有主角有，别人没有的核心功能、特殊能力或能起到颠覆性效果的力量
⑦	**尽量突出独特的世界观**。小说的套路化内容创作，在短期内只能抢到小流量，很难抢到大流量。如果我们的世界观独特，且能抓住读者眼球，就有出爆款的可能
⑧	**女频小说尽量突出情感内核**。比如相爱相杀的CP、替身文学、追妻火葬场等，情感内核往往能推动剧情发展
⑨	**避免字数过多或过少**。通常情况下，小说简介的字数在250～400字之间。字数过多，会造成信息冗余；字数过少，会让读者不知所云
⑩	**尽可能多地使用问号、感叹号、破折号、省略号**。用这些标点符号，来让作品富有情绪，有更好的节奏
⑪	**避免出现核心剧透**。有些核心的伏笔或悬念要在小说中叙说，如果在简介中剧透，则会大大降低读者的阅读积极性

续表

小说简介陷阱	
⑫	**避免谜语人简介**。一些作者为了所谓的意境，把简介写得云里雾里，不知所云，太过抽象，导致读者流失，这种情况屡见不鲜
⑬	**避免说明书式简介**。简介不需要“所有的内容全部讲清楚、把相关的设定给读者交代得明明白白”，这本身就是不合逻辑的。简介的目的是抓读者眼球，而不是给读者做科普
⑭	**避免货不对版**。简介内容和正文内容无关，或和大量内容无关，只有一小部分有关联，很容易让读者给差评，差评过多也会影响流量
⑮	**避免出现错别字**。小说正文出现错别字在所难免，毕竟作品百万字，即便我们用软件检测也很容易出现错别字，但是简介一共就几百字，如果简介中出现大量的错别字，会给读者一种不专业的感觉

关于小说封面，理论上来说，不要自己设计封面。因为自己设计封面很有可能会遇到字体或图片侵权、图片尺寸不对、不美观等诸多问题，所以更建议大家花 3～5 元在拼多多或淘宝平台，购买一份小说封面即可。

目前的网文作者大多数都是自行购买的，省时省力不说，关键是省心。当然，即便是网络购买的封面，也很难保证绝对不侵权，所以还需擦亮眼睛。

下面讲解的小说封面陷阱，我们不会提到自己设计小说封面时，有哪些陷阱或注意事项；只讲网购小说封面，在挑选配图或文字时，有哪些陷阱或注意事项。

小说封面陷阱	
①	**避免书名或笔名出现错误**。这一点是大忌，一些平台相对严苛，你起的书名和封面上的书名，或你的笔名与封面上的笔名，哪怕错一个字，都有可能签约失败

续表

小说封面陷阱	
②	**避免画面不达意**。封面本身就要凸显出小说的部分剧情，或小说的整体风格，不能出现封面内容与小说题材完全不一致的情况
③	**避免分辨率不高**。我们购买的小说封面分辨率是没有问题的，但是要注意，如果从购买端上传到自己的微信端或QQ端，没有上传原图，分辨率有可能会骤降，导致封面模糊，这个问题很关键
④	**避免高价格购买封面**。除了拼多多、淘宝3～5元的封面外，还有一些价格极高的封面，比如手绘封面，一些画师甚至可以针对你的需求来单独调试封面，但动辄几百元到几千元，甚至上万元的价格，去设计一张小说封面，大可不必。尤其到后面还要多书名测试，书测又要同时提供5个封面，高价格购买封面性价比不高
⑤	**避免图文不匹配**。图上的文字过多，或图的比例过高，导致文字出现在图上的比例过低，这两种情况都不要出现。理论上，我们花钱购买的封面是不存在这类问题的，但如果存在，一定要第一时间告诉平台或客服，要求重新设计

核心四要素自查：

我的小说书名为：

我的小说书名是否有上述问题：

我的笔名是什么？我的笔名是否有上述问题：

我的小说简介是否有上述问题：

我的小说封面是否有上述问题：

1.4　合同签订陷阱

一般情况下，大多数小说平台的合同，都是正规合同，我们直接签订即可，没有太多可谈判的空间。

只有两种情况，我们在签订合同时可谈判，一种是你作为大作家或知名作家，被部分平台高价挖过来，这种情况下你能掌握主动权；另一种是小众平台甚至是一些工作室，想要与你签约，这时候需要多加留心。赚钱与否不重要，关键是这个合同很有可能捆绑你，并且在之后若干年的时间里，你无法在其他平台创作内容。

合同签订陷阱	
①	**避免出现原则性问题**。在合同签订前，一定要多次确认自己填写的姓名、手机号、身份证、银行卡信息，以及书名、笔名有无错误。部分平台如果填写的银行卡信息出现问题，需要30天才可以重新签订合约，这就意味着你比别的作家晚签约一个月
②	**一定要区分清平台签约作者还是签约作品**。部分女频网站在签约时大概率会签约作者，而签约作者就意味着你只能在该平台做内容创作，不可以去其他平台，否则就是违约
③	**避免出现签约后违约的情况**。几乎全网所有的小说网站，一旦合同签订，再想把这部作品发到别的平台，就不可能了。除非平台主动做渠道推广，把你的作品推广到别的平台，否则你的作品就和该平台绑定，再去别的平台发布，平台会追究你的责任

续表

合同签订陷阱	
④	**签约前敲定保底金额**。以七猫中文网为例，在合同具体签订之前，你可以和编辑沟通，是以“分成模式”还是“保底模式”签约。如果你有往期成绩，一定要第一时间和编辑说，并尽可能以“保底模式”签约，这样带来的收益更大，等合同签订完毕，再去谈分成保底，没有任何意义
⑤	**大型平台签约，不需要问东问西**。比如起点中文网、番茄小说网、七猫中文网、晋江文学城等平台，在签订合同时，不太需要盯着合同的每一个字仔细阅读，因为这些平台在签约时，全部都是走流程的。而且平台也不可能因为个人原因，改动合同中的某个字，作者在签约时能掌握的主动权不多
⑥	**避免不签约**。一些作者表示：“既然如此，我干脆就不在平台签约，只在平台发布，等将来火了再改编成电影、电视剧。”但是对于平台来说，没有签约的作品是不会给予流量推荐的，甚至有一些平台连最基本的打赏功能都没有开通，所以不签约就等于没收入
⑦	**避免攻击平台**。大部分小说网站的合同中，都会有一条要求——“一旦签约该平台，不可以发布攻击该平台的言论”，所以我们在该平台签约后，除非有重大矛盾，否则私下协商即可
⑧	**小平台签约，重点看是签人还是签书**。签约一些不知名的小平台或者工作室时，尽可能签书而不是签人。签书，大不了这部作品我们不要了；但如果签人，意味着你之后的作品也属于该工作室或小平台，对之后的发展不利
⑨	**小平台签约时，所有合同上的疑虑一定要第一时间指出，多次确认**。部分小平台的合同，不排除有签约风险

续表

合同签订陷阱	
⑩	**不要轻信工作室的口头承诺**。所有的口头承诺必须落实在签约合同里
⑪	**小平台签约看收益，大平台签约看前景**。小平台能拿到的资源极其有限，如果签约小平台，我们大概率冲着它的保底去，一般情况下，保底在20～30元每千字就可以考虑；而签约大平台，我们更多考虑的是这部作品在该平台上的发展前景，对保底不要看太重

我在合同签订中，遇到了哪些问题?

额外补充：合同签订中牵涉的问题比较多，如果大家实在拿不准主意，可以在公众号搜索**刘丙润**，关注该公众号，在后台留言，表明自己的疑惑。

所有购买正版书籍的小伙伴，我会尽最大可能，帮助大家去规避合同签订时遇到的各类风险。

第 2 章

开篇陷阱

小说开篇有 4 个重要环节，分别是黄金 500 字、黄金一章、黄金三章和黄金十章，其中最为重要的是黄金 500 字。不夸张地说，黄金 500 字写得好与坏，直接关系到了这部作品能否成为爆款。也正源于此，我们在黄金 500 字这一小节中，不只给大家讲写作时可能遇到的陷阱，还会给大家讲真实案例，让大家明白黄金 500 字的开篇怎样写是及格的。

注：我们不在其他小节展示案例。

2.1　黄金 500 字吸引力法则避坑指南

小说中，黄金 500 字是一个泛指，并不是精确到第 500 个字，而是我们小说第 1 章的开篇部分，均囊括在前 500 字中。

人靠衣装马靠鞍，小说创作也是如此，我们需要给小说起一个亮眼的开头。而这个开头的好与坏，直接关系到读者是否阅读第 2 章、第 3 章，以及前 3 万字、5 万字、10 万字的完读率。不夸张地讲，小说开头是我们真正创作小说内容时，经历的第一个坎。

黄金500字陷阱	
①	**避免冗长背景**。侧重核心冲突
②	**避免人物模板化**。侧重角色鲜明塑造
③	**避免剧情节奏过平**。侧重预留悬念钩子
④	**避免一次性抛出过多信息**。侧重核心信息多次抛出
⑤	**避免复杂性修辞**。侧重趣味性语言玩梗
⑥	**避免过多的环境描写**。侧重核心环境塑造，尤其是能推动主线剧情的核心环境
⑦	**谨慎使用回忆或倒叙**。防止出现人物关系紊乱，时间线紊乱
⑧	**避免使用复杂设定**。绝不允许复杂设定在前500字内出现

续表

黄金500字陷阱	
⑨	**开篇主角设立一个小的目标感。**要让读者明白主角此时迫切需要解决或面对的问题
⑩	**尽可能不出现或少出现过度抒情环节。**不要让读者产生阅读障碍

部分案例示范及释义：

反面案例：

张三急匆匆跑到公司会议室，因为今天上午要开一个非常重要的会，这个会甚至关系到张三能否在这家公司中继续工作，所以张三急匆匆地来到了会议室，张三刚一进入会议室，就听到公司老板在一旁怒斥，“张三，为什么迟到，这是对会议的极不尊重！”同时，将会给予张三扣除 500 元工资的惩罚。

正面案例：

“怪了，闹铃怎么又没响？”

张三一路冲刺，总算来到了公司，可紧赶慢赶，还是迟到了！

“你就是这么把公司当成家的？”公司主管王五一脸狞笑，眼中闪过一丝不易察觉的精光！

释义：

黄金 500 字至关重要，是小说开篇最能吸引读者的一个环节。所以，这就要求我们在叙事时，不可以重复化描写，即介绍冗长背景。反面案例中，张三开会这个剧情反复讲了几次，很容易引起视觉疲劳。此外，没有人物对话，就无法突出人物性格，人物对话不激烈，就很难推动剧情节奏。

反面案例：

我要成功，不是为了在霓虹里刻下名字，而是要让每一盏加班到凌晨的灯，都照得见我踩碎的怯懦。

这城市吞过太多人的梦想——地铁呼啸着卷走叹息，写字楼玻璃幕墙折射出千万张疲惫的脸，电梯间里永远飘着“再坚持一下”的谎言。

正面案例：

“我没有太多机会了，这次我一定要成功！”

张三手握方向盘，眼神坚定地直视赛车场。

这场生死对赌于张三而言，只能成功不能失败！

释义：

没有意义的抒情内容，会让读者不明所以，甚至会反感。小说本质的作用是休闲娱乐，在符合正能量，且不触及违规红线的前提下，让读者开心一些，往往会更有市场。

黄金500字自查：

我的小说开篇500字存在以下问题：

我的整改方案：

针对上述问题，我的总结：

2.2　黄金一章陷阱

这里的黄金一章和之前的黄金500字一样，是一个泛概念，一般指小说的前2000字。理论上来说，只要我们的黄金一章写得足够有趣，在第一章的结尾，预留一些钩子、伏笔，让读者在阅读第一章后有期待感，那么读者就有极大概率阅读黄金三章、黄金十章甚至是整本小说。

一般情况下，黄金一章写得好与坏，在部分平台能直接决定签约与否。也正因如此，我们更需慎重对待，优中取优，拿出自己的最好状态，写出优秀的黄金一章。

由于黄金一章囊括黄金500字，所以黄金500字中的注意事项，在黄金一章中通用，我们在本小节中不再赘述。

黄金一章陷阱	
①	**避免冗长的背景介绍。**比如通过300字解释家族关系，通过500字解释修炼体系，通过1000字解释系统能力，这些内容通通删掉
②	**避免慢热开场。**比如在真正的冲突出现前，描述主角起床、刷牙、上学、吃饭、喝水等无意义的剧情

续表

	黄金一章陷阱
③	**避免极端阴暗的剧情出现**。在黄金一章中塑造矛盾冲突，本意是吸引读者的，毕竟矛盾冲突往往更能代表事态发展，而事态发展的密集度越高，勾住的读者越多。但是极端阴暗的画面出现，极容易让人感到不适，甚至有很大概率被判定为价值观不佳，导致封书、封号
④	**避免主角缺席**。在黄金500字中，一些特定情况下，是允许主角不出现的，但是黄金一章，也就是一本书的前2000字，必须出现主角，且主角要有姓名，不能以黑衣人、神秘人的方式出现
⑤	**避免主角的行为无驱动力**。包括但不限于主角莫名其妙做一件事、主角未来发展极度迷茫，根本不知道下一步该去做什么，走一步算一步。这种主角自发式的迷茫往往会导致读者跟着迷茫，容易产生较大的读者流失率
⑥	**尽可能建立核心矛盾**。在黄金一章中一定是有矛盾的，而这个矛盾可大可小。但矛盾越大，后期牵扯的人物越多，读者的期待感越强，这部作品的爆款概率越大
⑦	**不要侧重描写无意义、无价值的天气、环境等内容**。比如主角穿越到平行世界，这个世界和地球的环境没有任何区别，我们却用了一段笔墨描述这个世界的环境，极有可能被判定为无价值或无意义内容
⑧	**除非玩梗，一般不建议对个人容貌做过多描述**。如果我们在黄金一章中，偶尔出现一句“主角长得一般，也就比某明星再帅上三分”，这种玩梗是可行的。但如果主角一开场就拿着镜子孤芳自赏，甚至拿出3～5段举例说明，主角究竟有多么帅或多么美，是不可行的
⑨	**颠覆常规的设定往往更有市场**。比如主角在剧情中，一开场就遇到了某些不可描述的危机，或不可描述的困境，更能激发读者的阅读欲
⑩	**一定要固定主角视角**。这里固定主角视角一般指黄金一章中，所有的主视线，或所有的叙述逻辑线，都必须站在主角的视角展开，不要过分发散

黄金一章自查：

我的小说开篇第一章存在以下问题：

我的整改方案：

针对上述问题，我的总结：

2.3　黄金三章陷阱

这里的黄金三章同样是一个概念，一般指小说前三章，总共 6000 字左右。理论上，6000 字是能叙述出一个小段剧情、一个小段故事线的，一般在我们内投各大网文平台时，平台编辑也会要求我们展示黄金三章，总计 6000 字。

所以黄金三章是我们对外展示的门面，我们同样要打起精气神，把最好的内容展示给读者。

由于黄金三章中囊括了黄金 500 字和黄金一章，所以黄金 500 字和黄金一章中与黄金三章通用的内容，我们不再赘述。

黄金三章陷阱	
①	**避免冲突停滞或弱化。**我们在创作黄金三章时，很容易出现第一章的钩子被解决太快、太容易，导致第二章、第三章冲突弱化。为了规避这一问题，可以在原有的冲突基础上，再设置1～2个小冲突，或直接将冲突升级，由小危机转变为大危机
②	**避免目标模糊或偏移。**新人在写小说时，写到第二章、第三章很容易失去清晰、强烈、可理解的目标，或目标频繁更换，让读者抓不住主方向，可以适当提高目标难度，解决这一问题
③	**避免部分短期悬念未兑现。**如果在小说第一章中埋一个小钩子或小伏笔，往往要在第二章、第三章的时候就予以揭秘，但很多作家在创作时往往忽视了预设的小伏笔，让部分读者失望，进而影响阅读数据

续表

黄金三章陷阱	
④	**避免赘述世界观。**要注意，黄金三章也不过才6000字，这个时候急着给读者讲解世界观，依旧会让读者阅读疲劳，且大部分世界观对短期剧情发展没有帮助，对长期剧情发展有重大帮助。因此，在短期剧情，尤其是小说的前三章中，世界观应少讲、慎讲
⑤	**避免人物扁平化。**黄金三章中很容易出现人物脸谱化问题，同时出场的3～5个人物没有任何特色。读者在读黄金三章时，总感觉一个角色扮演了不同身份，这也会引起很大的跳出率
⑥	**避免关系发展突兀。**黄金三章中因为要勾住读者的阅读兴趣，所以会有矛盾冲突，包括但不限于队友、恋人、师徒等关系的转变。但这一部分转变不能莫名其妙，比如刚认识就生死相托，或杀父之仇、夺妻之恨莫名其妙缓和
⑦	**避免配角喧宾夺主。**要注意，小说中有且只有一类角色是最重要的，那就是主角。无论是在巨大危机前的抗压能力，还是在死路中找到生路，理论上，主角起到的作用要比其他的角色大得多，不可以让配角比主角出彩
⑧	**避免支线过早。**黄金三章的6000字，理论上是可以把主线往前推很大一部分，最起码能让读者明白主角现在因为经历了什么事情导致了什么后果，需要去做什么事。但要注意，主角的发展是主线剧情，如果出现过多的支线剧情，很有可能让支线夺了主线的风头，让读者产生视觉混乱、主线不明的感觉

黄金三章自查：

我的小说黄金三章存在以下问题：

我的整改方案：

针对上述问题，我的总结：

2.4　黄金十章陷阱

黄金十章陷阱	
①	**避免多线并行**。理论上，黄金十章可以出现支线剧情、次要反派或新地图，但一定要注意：不可以与核心冲突无关联，否则极有可能导致叙事焦点分散、主线推进缓慢
②	**避免冲突模式单一**。在黄金十章剧情中，主角可能会遇到第2个、第3个反派，如果主角遇到的每一个反派套路一致，则极易让读者产生审美疲劳
③	**避免出现伪进展**。小说十章要让主角有基础的认知和成长，千万不能让主角忙过来、忙过去，忙到第十章，读者仍然不知道主角获得了什么有用信息。让主角原地踏步，本质就是拖剧情、拖节奏
④	**避免主角长期驱动力模糊**。这一点理解起来比较复杂，我给大家举一个实际案例：我们年卡学员曾写过一本穿越到《情满四合院》电视剧的小说，主角是剧中角色傻柱，主角穿越后，前十章做的诸多事情极其琐碎，要么和某个次要角色有矛盾冲突；要么有自己的小算计、小巧思；再要么陷入无意义的争斗中。理论上，主角做的事越多、越杂、越乱，就越容易没有长期驱动力，主角究竟想要“做一件什么样的事”，这件事非常重要
⑤	**避免主角无成长**。十章的剧情，主角要有适度的成长，尤其是都市高武、脑洞玄幻等题材，主角成长速度会更快。千万不要塑造一位经历了多次事件后，性格、能力、观念没有任何变化或成长的角色，如果有这个角色，也一定不能是主角

续表

黄金十章陷阱	
⑥	**避免人物角色臃肿混乱。**理论上，小说前十章出现的重要角色大概在3～5位，非重要角色也有5～10位左右，不求每一个人物都有各自的特色，但求重要的几位人物人设关系不能混乱
⑦	**避免伏笔设置过多。**小说十章是需要设计伏笔的，尤其是好玩、有期待感的伏笔，往往更能引起读者关注。但如果伏笔设计过多，则会让读者一头雾水，从而引起读者的大量流失

黄金十章自查：

我的小说黄金十章存在以下问题：

我的整改方案：

针对上述问题，我的总结：

第 3 章

剧情陷阱

小说写作时的剧情陷阱包括以下 4 类，分别是情绪冲突陷阱、人设陷阱、金手指陷阱和转场陷阱。这 4 个维度写得好坏，几乎决定了一本小说的上限。我们在看部分平台书荒，或亲友给我们推荐的小说时，往往会听到这样一句话："这部小说不错，值得一读，里面的剧情相当棒！"而这里的"剧情"就是指情绪冲突、人设、金手指和转场这 4 个环节。

3.1 情绪冲突陷阱

在小说剧情中，每个角色都会有对应的情绪，而这些情绪无外乎喜、怒、哀、乐、悲、恐、惊。情绪的好与坏往往与具体的事件有关，那如何由事引导出情绪冲突呢？这是我们小说创作的核心。很多作者把握不好尺度，因此，我给大家把所有的情绪冲突中，可能存在的问题拆解出来，放在下方表格中。

情绪冲突陷阱	
①	**避免情绪波动无缘由**。角色突然开心、突然愤怒、突然深爱、突然绝望，这种突然的情绪是不合理的。人物的情绪波动要依据角色遇到的事而发生变化，不能有突然的无缘由的情绪，这会让读者感觉莫名其妙
②	**避免情绪与角色脱节**。比如一个极度理性、冷静的配角，突然歇斯底里；一个饱经沧桑的配角，因为一件小事彻底崩溃。一定要注意，角色表现出来的情绪，和角色已经建立的性格、背景、身份、价值观要做到基本相符

续表

情绪冲突陷阱	
③	**避免情绪单一**。如果大家无法想象角色的情绪，不妨把自己代入这起事件中。想象一下，自己真的在现实生活中遇到了这件事，会有怎样的反应？小说中的主角也好、配角也罢，至少不能在遇到事情时，都只有一个情绪，这是极不合理的
④	**避免情绪弱智化**。比如主角与黄金配角因误会导致矛盾出现，但两人一直在嘴皮子上动功夫，双方之间污言秽语。这种情绪很容易让读者感到幼稚，也就是我们说的情绪弱智化。我们不能为了吵而吵、为了骂而骂、为了死而死、为了爱而爱，在情绪的波动中要有深层次的思想碰撞、价值观碰撞、利益博弈以及情感需求
⑤	**避免情绪宣泄过度化**。我们举例如下：主角早餐不吃鸡蛋，而继母做饭时忘了，蒸了4个鸡蛋，主角瞬间情绪崩溃，把家砸了、把爱人推到一边、对孩子不理不睬。这种情节描写不符合人性，也不符合正常价值观，一件小事导致的结果只能是小惊喜或小愤怒，绝对不能是大惊喜或大愤怒，情绪过度宣泄极有可能让读者认为你在拼凑字数
⑥	**避免情绪失调**。尤其是在多角色、多人物出场时，比如：惊悚小说选题，主角和其他6位角色出现在一间密室，密室上方正记着倒计时。在倒计时归零时，找不到密室钥匙，就永远无法逃脱。现场的角色一共有7位，每个人物都要表达自己的惊恐、都要表达自己的畏惧、都要去说3～5句话，完全没有必要。往往突出1～2位配角的惊恐，以及主角的沉着冷静即可
⑦	**避免情绪与人物行动不一致**。这其实是很多作者最容易出现的问题，只不过有时不明显，我们举一个常见的案例：剧情中主角过年回家，好兄弟单独设了一个局，把主角一年辛苦赚到的15万全部坑走了，主角前一秒还在骂兄弟没心没肺，下一秒就要带兄弟去外面吃顿好的。读者读到这里只会

续表

情绪冲突陷阱	
⑦	有一种感觉，这个主角大概率是人格分裂的。人物情绪与人物动作要始终保持一致，如果不一致，只有两种情况：第1种，是伏笔；第2种，是角色的无奈之举
⑧	**避免过度煽情**。小说中适当煽情，容易升华作品。一些老作者只需用三两句话，就可以让读者潸然泪下，这是老作者的写作功底；但很多新作者并没有这个本事，如果过分煽情，反而会让读者起一身鸡皮疙瘩。煽情的前提是有情可以煽，而不是硬煽。比如：主角穿越到历史架空时代，变成了一位小乞丐，而旁边一位老乞丐要完最后一口饭后，还没来得及吃就活活饿死了，作者这个时候突然煽情，让主角在旁边痛哭流涕，这就很怪，这个老乞丐和主角有关系吗？就算有关系，有那么深的关系吗？如果没有的话，突如其来的情感宣泄有什么意义和价值
⑨	**避免主角情绪泛滥化**。小说中的反派或者周边人物情绪泛滥，倒是可以理解，塑造一个喜怒无常的反派角色，在逻辑上是行得通的，但是主角不可以。主角喜怒无常，就很有可能从正面角色转变为反派角色，而主角一旦成为反派角色，我们作品中塑造的反派角色就很有可能转变成正派角色，这种角色的前后大翻转，很容易引起读者的不适

情绪冲突自查：

我的小说关于情绪的描写存在以下问题：

我的整改方案：

针对上述问题，我的总结：

3.2　人设陷阱

人设即人物设定，小说中的人物设定既不能脸谱化，又不能太过离谱，既要让读者读得舒服，又要让小人物有小人物的性格，大角色有大角色的风采。

人设陷阱	
①	**避免重要角色工具人设定**。小说中主角、黄金配角以及其他重要角色绝不能变成工具人，需要时出现，不需要时消失，人物的存在就仿佛只是为了解决某一个固定问题。这样的人设很容易因缺乏独立人格、内在动机、个人欲望、背景故事等原因，让读者毫无代入感
②	**避免塑造无关联剧情、人设**。小说创作时，作家经常会把生活中认识的朋友，或遇到的有趣经历，安排在自己的剧情中。如果结合巧妙，这叫艺术源于生活、高于生活；但如果结合得不巧妙，就有可能塑造一系列的游离主剧情外的角色，而这种角色对主线推动毫无意义，会让读者产生困惑：这人存在的意义是什么
③	**避免人物设定自相矛盾**。在有些小说中，一些人物的行为、情感、言论，与其原有设定的性格、背景、能力、价值观等，产生了不可调和的矛盾。比如：小说中，大侠做任务时，多次鲁莽行动，导致任务失败。这样的人物性格与人物行为有极大的冲突和反差，会引起读者不适
④	**避免人物设定过于繁杂**。每个角色有1～2个记忆点的设定即可，包括但不限于核心外貌特征、标志性口头禅、特殊的小动作、核心能力以及特定身份地位，不要让人物设定太过繁杂，大可不必每个人物都花2～3章讲解
⑤	**避免人物设定过于空洞**。尤其是重要人物，他们的动机、性格、配角关系，不能太过单薄，否则不易令人信服。突然出现了一个人物，并且和别人建立了深度连接，这只会让读者感到莫名其妙
⑥	**避免人物的能力失衡**。小说角色的武力、智力等具备比较性的能力，不能凭空出现或者凭空消失；人物与人物间的实力比对，要符合小说剧情的发展。如果某个人物的实力突然提升，那么必然是有某种渊源或机遇

续表

人设陷阱	
⑦	**避免人物资源失衡**。这一块比较复杂，我们单独举一个案例：在历史架空小说中，主角突然手握50万精兵，或动辄拿出几百万两白银，这种完全有悖于世界观的资源架构设定，只会让读者感到跳戏，甚至差评
⑧	**人物角色尽可能有新意**，不要出现标签人。小说创作时有一些人物是明显自带标签的，比如唠叨的老妇人、书呆子、眼镜男，这些角色在每本小说中都是一样的，并不能勾起读者的阅读兴趣。但如果我们略作改变，就会出现一个非常有趣的人物设定，比如唠叨的老妇人原本是一位专家，但在执行任务时，头部受到了刺激
⑨	**配角也要有核心驱动力和内在冲突**。不要把配角塑造成一个空心人，“我是谁？我在哪？我要做什么？”一问三不知。这种没有驱动力和内在冲突的人设和角色，很容易因缺乏张力，在剧情中随波逐流，而被读者忽视。在内容创作的时候，我们牢记一句话：配角也是角，既然是角，那么就要有张力
⑩	**避免角色成为静态角色**。在2020年之后，小说创作多了一个新词，叫成长弧光。其实在这之前也有，只不过提的人没有那么多。所谓成长弧光，一般指一个角色在未来一段时间内的成长变化；同理，人物设定也应如此，要让一个角色在未来一段时间里，无论是变好也好，变坏也罢，要有所变化。人物应该是波动的，不能是静态的
⑪	**人物设定一定要区分主次**。我们不能让某配角的设定耀眼于主角，让配角超越了主角，这样很容易判定为主角缺失

人设自查：

我的小说关于人设的描写，存在以下问题：

我的整改方案：

针对上述问题，我的总结：

3.3　金手指陷阱

小说中的金手指可以通俗地理解为主角的外挂，正是因为有了这个外挂，主角的成长速度才会非常快、会异于常人、会有更大的爽感、会有更强的可读性。我们常说，一部作品能否在短期内留住读者，要看黄金三章，而一部作品能否长期留住读者，则要看金手指。金手指的好坏，在某种程度上，是能影响作品的阅读数据的。

金手指陷阱	
①	**避免金手指过度强大或过于无解**。比如：在都市脑洞小说中，主角穿越到平行世界，意外获得了一个空间戒指，这个戒指只要轻轻打响，便能心想事成，这世间再无任何一件事能难住主角。如果有如此强大的金手指，那就意味着主角完全可以速通所有关卡，也就意味着没有可读性
②	**避免金手指过度弱小**。同理，金手指如果过于弱小，有没有金手指没什么区别，而且主角还是一个普通人，那小说剧情便无法给读者带来阅读的爽感，很难出圈
③	**金手指不可以替代主角成长**。在小说剧情中，主角可以在某几个环节依赖金手指，来迅速提升实力。但不能让主角所有的能力提升、资源获取、关键门槛突破，都完全依赖金手指。这和金手指过度强大，本质上是一样的
④	**尽可能在剧情中点出金手指来源**。这是一个加分项，尤其是在都市高武、脑洞玄幻小说中，如果金手指存在因果关系，或能通过其他方式来合理解释金手指的来源、原理、运作方式，很容易升华小说，让读者拍案叫绝
⑤	**避免金手指的使用方式单一**。如果主角每次遇到的问题、困难或危机，都使用同一套路的金手指模式，长期下去，会显得角色笨拙，同时金手指本身也缺乏可拓展性。读者也会少了继续读下去的欲望

续表

金手指陷阱	
⑥	**避免代价形同虚设**。在部分小说中，金手指可能会过强，而为了让主角使用金手指时不至于成长得过快，普遍会在使用金手指时付出对应的代价。但是一些作者在写爽之后，很容易忽视代价，让金手指无限强
⑦	**避免缺乏代入感**。金手指一般出现在小说的黄金三章中，最好能在黄金一章中出现。一些作者为了节省字数，让内容显得更加紧凑，直接在开篇安排金手指登场，并且让主角迅速熟练应用。这种方式本身没问题，但要考虑到读者的阅读效果，所以适当增加心理描写，同时让主角对金手指有一个摸索过程，尤为重要
⑧	**避免金手指出现违和感**。这一点其实并不严格，比如在武侠小说中出现了修仙金手指，在都市异能小说中出现了武侠金手指。只要能逻辑自洽就可以，怕的是既不能实现逻辑自洽，又让金手指和小说的整体风格、世界观基调严重不符，导致读者出戏
⑨	**金手指尽可能有新意**。哪怕是老套的金手指，比如常见的签到系统、种田空间，我们能否在创作时融合一些新奇元素？比如签到系统与商城抽奖相结合；再或者签到系统与上古神话人物碎片相结合，当凑出一个完整的人物拼图时，就可以召唤过来

金手指的好与坏，往往关系到作家能否写出更好的成绩，虽然不能起到雪中送炭的作用，但是锦上添花还是没有问题的，为了便于大家更好地设计金手指，下面单独列出一个表格，给大家详细讲解金手指的分类。

分类维度	类型	核心功能/特点	案例拆解	金手指使用建议
按功能性质	能力/天赋增强型	强化战斗、智力、感知、创造等基础能力	不死之身	设置能力上限；添加副作用

续表

分类维度	类型	核心功能/特点	案例拆解	金手指使用建议
按功能性质	资源获取型	提供空间存储、稀有宝物、无限资源或商城兑换渠道	系统商城	限制资源获取量/频率；宝物可升级
	信息优势型	赋予先知先觉、全知视角或跨维度知识	全知图书馆	知识需实践转化；先知可能引发蝴蝶效应
	规则利用型	操控时间、概率或绑定系统规则	技能熟练度系统	提高某些技能所需的熟练度，增加金手指使用难度
	辅助型	提供导师、伙伴或功能型增益	灵魂体老爷爷	导师力量受限；增益有时效性
按来源形式	先天型	与生俱来的血脉、灵魂或体质优势	先天道体	初期能力微弱；需觉醒条件；伴随种族追杀
	奇遇型	后天偶然获得的宝物或传承	误食仙果蜕变	奇遇唯一性；绑定后不可转移；传承需破解封印
	外挂型	超脱世界观逻辑的外部干预	高维度文明赠礼	需隐藏秘密；被世界规则排斥；存在更高维监控者
按互动方式	被动型	自动生效，无需主动操控	修炼加速体质	效果不可控；可能意外触发负面事件
	主动型	需主角主动使用或交互	神器献祭	消耗精神力/资源；操作失败反噬

续表

分类维度	类型	核心功能/特点	案例拆解	金手指使用建议
按互动方式	成长型	随主角进阶解锁新功能	升级版系统	进阶条件苛刻；每次升级伴随更大风险
	代价型	以显著代价换取能力	燃烧寿命施展禁术	代价不可逆

金手指自查：

我的小说关于金手指的描写存在以下问题：

我的整改方案：

针对上述问题，我的总结：

3.4　转场陷阱

小说转场的本质是连接不同场景时间线、视角或情节单元，一个好的转场必然是清晰的、流畅的、高效的，且能引导读者跨越叙事时空，避免信息断层、理解混乱。

转场陷阱	
①	**避免出现瞬移式转场**。新手写小说时，最容易出现的就是这类问题，没有做任何背景交代的前提下，人物突然出现在新的地方，会让读者异常疑惑，这是谁？怎么来的？为什么来？这几件事交代不清楚，就很容易产生读者流失

续表

转场陷阱	
②	**避免过度转场**。在一个章节中，出现1～2次转场，就已经是频繁转场了，出现3次以上转场，无论剧情多么出彩都很容易导致读者跳戏，因为每换一个转场，就会换一个视角或环境，而在频繁的转换下，读者的阅读难度势必会增加
③	**避免时间线来回转场**。相比于空间和人物转场，时间线转场是最容易导致剧情混淆的。比如在同一章中，同时出现了几天前、几个月后、几年前、那年冬天等时间词语，当这几个词组在一起时，读者就会蒙，根本没有时间概念
④	**避免出现人称叙事转场**。这里的人称叙事一般泛指第一人称和第三人称。要注意，理论上小说写作有且只有唯一的人称叙述，以第一人称视角来写，就一直用第一人称；同理，以第三人称来写，就要一直用第三人称，除非是模拟器等特殊题材
⑤	**避免无意义转场**。我们的每一次转场都必须有价值、有意义，即转场可以服务于主角，可以服务于主线剧情，甚至可以服务于支线剧情，但是无意义的转场，会让读者觉得你只是在注水

转场自查：

我的小说关于转场的叙述，存在以下问题：

我的整改方案：

针对上述问题，我的总结：

第 4 章

中后期运营陷阱

解决前几章的问题后，能保证我们的作品达到及格线以上。但只达到及格线，是远远不够的，我们还需解决主线支线问题、多人物群像管理问题、平台流量推荐机制问题、完结推和 IP 延伸等问题，这样将会有更大概率创作出爆款作品，打造作者 IP 身份。

4.1 主线推进与支线辅助陷阱

本小节中，我们把主线、支线合并在一起讲。这样讲的优势在于：能更清晰地理顺主线与支线的关系，内容创作时更好地把握节奏。

主线推进与支线辅助陷阱	
①	**避免剧情脱离主线核心**。始终牢记，小说的核心驱动力在主线上，而不是在支线上。决不能游离于主线，甚至支线之外，让小说剧情脱离了主线核心。如果出现这种情况，就相当于写跑题了，把一部小说变成了另外一部小说，读者是不买账的
②	**避免支线剧情与主线剧情无关**。小说内容创作时要始终确保支线的事件、人物冲突、结局，都能在不同角度强化主线
③	**避免支线剧情为了存在而存在**。我们尤其强调一下，只要经过一段时间的写作训练，就会明白，一些支线是为了填充篇幅、展示世界设定、引入新人物的。这种描写叙事本身没有问题，尤其是当作品爆火时，与其仓促完结，倒不如引入支线人物。但是支线人物也好，支线剧情也罢，其存在的前提必须是能推动主线、塑造人物、深化主题、丰富世界
④	**避免支线剧情喧宾夺主**。如果把主线理解为树干，那么支线就是树杈。无论支线写得多么精彩，都不能比树干还要粗。如果支线剧情比主线还要精彩，甚至完全盖住了主线的风头，则极有可能让主线失去焦点和紧迫感，读者也会对主线结局失去兴趣

续表

主线推进与支线辅助陷阱	
⑤	**避免支线横空出世。**支线出现得过于生硬、缺乏铺垫，结束得莫名其妙，都会让读者感觉支线与主线过渡不自然，破坏故事的连贯性、沉浸感，极容易出戏
⑥	**支线最好能带张力。**一些新人写作时，支线人物只服务于支线剧情，这样做往往会缺乏主角动机、人物弧光、人设深度，进而形成支线边写边用，用完即弃的状况，很容易造成人物扁平化、缺乏情感深度、读者难以投入等问题。最好的方式是，支线既服务于支线剧情和人物，又服务于主线剧情和主角。这样既可以烘托出支线人物的人设、性格、特点，也会对主线起到影响
⑦	**支线剧情不能高度重复。**小说中主线有且仅有唯一一条，而支线数量一般会在十条以上，每条支线都是一个偏完整的故事，所以不可以让支线与支线之间剧情雷同或主题上高度重复，否则很容易造成故事单调乏味、缺乏新鲜感
⑧	**主角不能在支线中停留过久。**即便是副本流的小说，主角在单一副本中的字数，也不应该超过20万～30万字。要注意，主角永远为主线发展，不能为支线发展，否则就是主线缺失，支线臃肿
⑨	**主线推动不能过于顺利。**很多作者会想："既然如此，我干脆不讲支线或少讲支线，让主角一直在主线上成长就可以。"这样有两个缺陷：其一，支线不存在，所以剧情深度没有、人物人设难以搭建；其二，剧情推动过快，导致故事平淡无奇，缺乏张力
⑩	**主线与支线的比例控制在1∶2或1∶3。**这里的1∶2和1∶3一般指主线的剧情点，往上走是上一个支线的结尾，往下走是下一个支线的开头，同时也有可能穿插着下两个支线的开头或上两个支线的结尾。为便于大家理解，我们直接用案例展示：主角穿越到规则怪谈副本世界，主线任务是从规则怪谈的世界中逃脱，而支线任务是完成一个又一个的规则怪谈副本，那么主角完成第1个规则怪谈副本的同时，插入主线，主角掌握了从规则怪谈世界逃出的关键信息；同时，再插入下一个副本的开篇，主角遇到了第2个规则怪谈，这种比例是最好的

续表

主线推进与支线辅助陷阱	
⑪	**支线不要忘记填坑**。小说创作时，为了让剧情更精彩，往往会在剧情中挖坑、埋伏笔。支线的完结则意味着这一段故事的完结，理论上，后期很少会再次讲到支线剧情，所以在支线完结时，应该适当地把坑填完，除非这个支线后面还有一个更大的伏笔，可以不用填。一般情况下，支线完结，即填坑完毕

转场自查：

我的小说关于主线推进与支线辅助的设计存在以下问题：

我的整改方案：

针对上述问题，我的总结：

4.2　多人物群像管理陷阱

新人在小说创作时，原则上不建议大家写群像小说。

主要原因在于：会因为文笔问题、视角转换问题、人设把控问题出现纰漏，导致角色模糊，情节混乱。所以我们本节侧重讲解多人物同时出现时，如何体现每位人物的人设；同时讲解群像文可能存在的诸多问题。但还是那句话，如果是新人作者，原则上不建议写群像文。

多人物群像管理陷阱	
①	**避免核心主角视角缺失**。无论同一场景中出现的角色有多少，首先要保证主角最出彩、黄金配角次之、其他角色再次之。要始终保证读者对核心主角的情感投入和视角聚焦，防止因故事缺乏明确的叙事中心，导致难以产生深度共鸣、跳出率提升

续表

多人物群像管理陷阱	
②	**避免角色功能重叠或冗余**。同一剧情中出现多个人物，要保证他们不可扮演相似角色，比如多个忠诚的队友、多个同质化的反派、多个提供信息的中间人。这样创作最大的问题在于浪费篇幅，读者觉得赘述，同时难以区分每一位角色
③	**避免工具人过多**。多人物出现在同一剧情时，很容易出现工具人，即它的出现或它的存在，就是为了完成某件事情。偶尔出现1～2个工具人是合理的，但如果一个剧情中，工具人占比超过10%，就很有可能因角色扁平化、情节发展生硬，导致读者厌烦
④	**通过特色标记人设**。多人物同时出现时，可以通过角色说话风格、语言习惯、家乡话、特定口音、外貌、性格、服装、角色与角色之间的关系来标记人物。这样可以建立清晰印象，让角色显得立体
⑤	**侧重描写不同角色的成长变化**。这里的成长变化不仅仅是往好的方向去变，也可以往坏的方向去变，但一定要有变化。千万不要在内容创作时，只有核心角色有明显变化，其他角色，甚至是重要配角，从头到尾的性格、情绪毫无转变
⑥	**不要侧重叙述每一位配角的背景故事**。如果实在想要描述，可以通过番外的方式叙述特殊配角背景。在一个剧情或副本中，同时出现5～10个人物，每个人物都做过多的、详细的背景描写，很有可能会拖剧情，并导致重要角色的戏份过少
⑦	**不要频繁地切换视角**。即便同一副本或剧情中，同时存在多个人物，也始终用其中的1～2位做重要的视角叙述。频繁切换视角很容易让读者感到迷茫、跳戏，难以建立连贯的故事剧情
⑧	**多人物对话时适当标记**。比如：张三和李四对话，我们可以挑出其中一句标记张三，另一句则无需标记李四，因为此时场上只有两个人。但如果场上有三个及以上的人，理论上每个人说的话都要标记“是谁说、以怎样的方式说”，否则会导致读者停下来反复确认说话人信息，破坏阅读流畅感

续表

多人物群像管理陷阱	
⑨	**重要角色不要失踪**。在某些探险揭秘或解谜剧情的副本中，某1～2个重要角色在短期内没有作用，也要适当描述下他们的状态或者用两句话简单交代他们的去向。否则在关键时刻毫无铺垫地出现，会让读者觉得不合理

多人物群像管理自查：

我的小说关于多人物群像管理存在以下问题：

我的整改方案：

针对上述问题，我的总结：

4.3　平台流量推荐机制陷阱

在当前的网络小说生态中，理解并规避平台流量推荐机制陷阱至关重要。

一部作品写出来，只是完成了初期的准备工作，如果对平台的流量推荐机制不了解、不熟悉，则很有可能导致作品是好的、数据是差的，写到一半直接烂尾。

平台流量推荐机制陷阱	
①	**签约之前没有流量**。站在平台角度分析，作品不签约，是无法让平台获益的，所以平台也没有责任和义务，帮助我们做任何的流量推送，所以作品没签约，没人看是合理的
②	**签约后不是立刻有流量，而是需要平台推荐**。一般平台推荐的字数在8万～10万字左右，这里字数会上下浮动。如果平台不推荐，指望读者在整个平台中主动找到你的作品，难度极高。除非是同人文，自带流量

续表

平台流量推荐机制陷阱	
③	**推荐期千万不要断更**。在平台给你流量的时候不可以断更，如果遇到特殊情况，需第一时间和平台编辑沟通。断更大概率意味着没有流量
④	**日更4000字是最低标准**。想在推荐期获得更高流量，理论上每日更新字数要更多一些，最好在保证质量的前提下，稳定在6000～8000字之间
⑤	**20万字定生死**。现阶段，小说推流的字数明显压缩，往往在5万～15万字间给第1波流量，而这一波流量的好坏，基本能断定这部作品有没有市场。如果不甘心，可以坚持到20万字，如果数据还是不好，则可以考虑切书
⑥	**后台所有数据都是重要数据**。小说中的核心数据、指标分析，我们在本书中不讲解，但我们提一个理念：即平台为什么会把你这部作品推荐给读者？现在大多数平台的推荐位，很高一部分比例都是人工智能在推。换句话来说，推荐的本质是算法控制，而算法的核心又是用户的行为数据。我们常说的点击率、观看时长、完读率、互动率、加书架人数、催更人数，这些指标越高，就意味着读者越喜欢看，平台越有推荐的可能
⑦	**同人文的流量是所有题材中最高的**。如果是新人创作，且短期内想写出爆款，不妨尝试一下同人文。但同人文又有版权风险，所以一般建议：某本书爆火，就在该本书所在的平台上，发布该书的同人文作品。同人文作品是一把双刃剑，要做好被封书或追回收益的可能。在创作同人文之前，先看下该平台有没有该部作品的爆火同人文
⑧	**不要陷入唯数据论和无视数据两个极端**。数据越好，作品就越爆吗？答案是否定的。一些作家为了追求数据好，内容中涉及擦边、违规甚至违法内容，就算平台一时疏忽，给了部分流量，后面也百分百会封书、封号，甚至追回收益。数据一般般，作品就一定不能爆吗？答案也是否定的，像规则怪谈、都市言情，这些题材数据即便差一些，写出口碑后，仍然会有很多的读者阅读。所以我们既要通过数据判断这部作品有没有发展潜力，同时也要通过读者的真实反馈，包括但不限于书评、章评、段评，来判断这本书的市场受众

续表

平台流量推荐机制陷阱	
⑨	**题材会影响流量**。我们以番茄小说网的男频小说为例，都市日常、都市脑洞、都市种田，这三大题材其实是有部分交叉的，但每种题材的流量池并不一致。所以，我们应该选择流量池更高的题材，而不是流量池更低的题材。当然，这里有一个前提：我们创作的题材，刚好和所选题材高度吻合
⑩	**流量推荐讲究一山更比一山高**。免费平台有多轮推荐，付费平台同样也有，那么我们如何能在完成第1轮推荐后抓住第2轮推荐、第3轮推荐，让这部作品在平台的曝光越来越多？其实这里有一句顺口溜：**一山更比一山高**。我们只要保证，这部作品的第1轮推荐数据不错，第2轮推荐比第1轮推荐的数据更好，依次类推，让平台的编辑也好、智能算法也罢，觉察到这部作品。只要给的流量我们能接得住，作品就会越来越好，会有越来越多的读者喜欢，那么流量就会持续不断。所以，如何抓住流量是个关键。至于抓住流量的方法，在本小节之前的章节中，我们已经讲过，由衷地希望大家能抓住平台给的每一波流量

平台流量推荐自查：

我的小说字数：

小说阅读人数：

现在是否在推荐期：

日更字数：

4.4　完结推与 IP 延伸陷阱

部分作品在完结后会有一波完结推，这波完结推的流量大概能达到这部作品现有流量的 30%～200% 之间，上下波动很大。同时，一部作品在完结之后，又有很大概率往 IP 方向延展，包括但不限于改编成电影、电视剧、漫画，做图书出版等多种渠道。

完结推与IP延伸陷阱	
①	**不要对完结推抱有太大希望**。很多作家会把完结推当作自己这部作品一书封神的高光时刻，所以在100万字只有两个人阅读、200万字只有3个人在读时，仍然兴致勃勃地创造内容。可殊不知，完结推的本质是你的作品足够优秀；如果作品本来就不优秀，即便给完结推，真正落到这部作品上，也没有几个读者
②	**完结前要和平台编辑沟通**。部分平台和部分题材是没有完结推的。因篇幅原因，我们无法一一给大家拆解，总之：在这部作品完结前，要优先和责任编辑沟通，如果你的责任编辑是机器人，可以去联系后台客服，询问该题材是否有完结推
③	**作品向IP方向发展时要抓住机会**。作品向IP方向发展，无外乎就是漫画、有声、影视、图书出版这4个方向，而目前网文赛道在这4个方向的发展，对普通作者来说不太友好，指望着通过这种模式赚到大钱，难度很大，但可以出圈、向上社交，获得更多的资源
④	**IP延伸原则上不要规避平台**。我们在各大平台发表网文作品，并获得平台推荐前，有一个必备的步骤是平台签约。在签约后意味着我们已经把版权给予了平台，所以如果作品有IP延伸的机会，要第一时间和平台沟通，和自己的签约编辑沟通，来实现利益最大化。绕开平台做IP延伸，很有可能因版权问题，非但不能变现，反而要承担损失

当我们读完这一小节时，长篇小说在创作时遇到的各种陷阱都给大家讲解完毕，希望大家能够学以致用，在创作每部作品的过程中，都可以完美地避过陷阱。

诸君，加油！

第2部分
短篇小说创作要避开的陷阱

第5章

核心要素陷阱

短篇小说的创作字数一般在8000～20000字间，如果按照单小时更新1000字来算，也不过8～20个小时，创作成本相较于长篇小说低了不少，这是短篇小说的创作优势。

但同时因为要在8000～20000字之间将一个故事跌宕起伏地讲述给读者，还要让读者拍案叫绝，所以对主题、核心三要素、付费点设计的把控要求更加精准，其中哪怕一个环节出现纰漏，都有可能引起付费群体的阅读兴趣降低，甚至导致签约失败。

5.1 主题、深度挖掘陷阱

很多短篇，因为篇幅原因不能做到主题发散，围绕主角或某些核心人物的剧情，往往也只能通过几句极度激烈的对话，或几个特殊画面展现出来。这就要求我们的主题必须从一而终。创作过程中，如果在原有故事基础上，还能对素材中的人物做深度挖掘，则是加分项。

短篇小说主题陷阱	
①	**避免主题过多**。在有限篇幅内，塞入过多主题，包括但不限于家庭创伤、未解之谜、人际关系等，很容易导致每个主题都浅尝辄止，无法深入。最终只有一个结果：作品散乱、重心不明，读者找不到核心
②	**避免主题抽象化**。短篇小说的主题一般不能选择人生意义、宇宙真理、我从哪里来、我到哪里去等宏大主题，因为短篇的体量是无法承载其深度和广度的。如果去叙述这类主题，只停留在喊口号或者概念化层面，也没有说服力
③	**避免主题模糊或摇摆不定**。想解决这个问题，只有一个方法，即：明确主角的行为动机。如果主角动机不明，就很有可能导致情节发展缺乏驱动力，最终结尾无力，不知所云，读者读完后一头雾水

续表

短篇小说主题陷阱	
④	**避免主题与故事脱节**。一些新人写短篇小说时，往往会先预设一个深刻的主题，然后再生搬硬凑地讲解人物与情景，这就导致故事极不自然、人物像提线木偶、情节极其牵强
⑤	**尽可能让你的主题有新意**。目前比较火的“反派”当主角模式，或诡异入侵、洪荒体系等小说，市场接受度普遍偏高，其本质在于这部分主题让读者感觉更有新意，趣味性更大
⑥	**避免主题的时间跨度较广**。短篇小说的主题往往聚焦于一个改变认知的动作、一次关键抉择、一种强烈的情感爆发、一个关系的转折点、一个揭示本质的细节，这些总结起来，就是一个瞬间。作者不需要在一部短篇小说中把时间均匀散开，每一小节的时间跨度达到了一个月、一年，甚至5年之久。这种模式很容易拉长节奏，缺乏重点

短篇小说深度挖掘陷阱	
①	**避免层次过多**。要在2万字内挖掘人物的复杂、多重动机、社会多维度的批判、哲学思辨，只会导致每个层面都是蜻蜓点水，动用大量的华丽词藻来堆砌，既让读者看不清故事，也感受不到剧情的深度
②	**避免过度说教**。短篇小说和长篇小说不一样，需要在2万字内把故事讲给读者，内容要出彩、剧情要紧凑。在2万字的篇幅内，如果还留有大量的说教空间，很有可能让读者不知所云。我们可以浅层次分析人物剧情，同时表达积极正能量的处世之道，但不能通篇讲解这部分内容，否则过犹不及
③	**避免主要人物沦为工具人**。短篇小说中的重要人物，一般在3～5位，每一个人物都是深度载体，有血有肉。绝不能把主要或核心人物编排成工具人，人物失去了真实情感，便会让读者产生较大的跳脱感

续表

短篇小说深度挖掘陷阱	
④	**避免追求阳春白雪**。相比较而言，轻松通俗一些的内容往往更适合读者，毕竟读者读短篇小说的本意，是通过碎片化的时间来休闲放松的。所以深度挖掘的前提是：能清晰且逻辑自洽地展示出看点，而不是去追求晦涩难懂的剧情

我创作的短篇小说主题为：

该小说主题存在以下问题：

我的整改方案：

5.2　核心三要素陷阱（书名 / 封面 / 导语）

短篇小说，因为没有长篇小说的 IP 效应，很难通过读者口口相传，把一部短篇作品推爆。

也正源于此，在设计书名、封面和导语时要更加精心。同时，短篇小说的书名与长篇小说有着质的不同，字数往往过短，所以书名和封面能引导读者阅读的概率很低，需要我们在导语上下功夫。

短篇小说书名陷阱	
①	**避免误导读者、出现文不对题的情况**。千万不要在书名中出现与内容完全相悖的关键词，这种方式并不能引导读者持续阅读。比如：书名提到恋爱元素，但内容却与恋爱毫无关联。在降低读者期待值的同时，很有可能会因部分差评，导致作品被限流，甚至无法签约

续表

短篇小说书名陷阱	
②	**避免过于晦涩或内容抽象**。比如：《第三象限的熵增》。大部分读者并不能抓住这类书名的关键词，很难理解作品的选题和方向，也无法产生联想和阅读兴趣
③	**避免出现人物自传类型等无吸引力的书名**。比如：《我的故事》《一个男孩》《一个女孩》等，这类书名过于通俗化，没有特色，无法让读者产生共鸣
④	**避免含有生僻字**。便于读者理解
⑤	**避免书名字数在10个字以上**。在这一点上，短篇小说与长篇小说有本质区别。长篇小说的书名一般在13～15字之间，甚至一些平台允许出现17～20个字；但短篇小说因为要适应知乎、番茄等平台的排版，以及读者的阅读习惯，一般在4～8个字左右
⑥	**避免与热度作品书名雷同**。比如知乎的某短篇爆款小说，我们创作内容时想蹭这部作品的热度，创作了一篇书名相似的作品，这种投机取巧的方式，能给我们带来初始流量，但是一旦读者发现自己阅读的内容并不是自己期望的，就会带来恶评。一旦我们掌控不住剧情，不仅会影响作品，甚至还会影响到账号
⑦	**紧扣主题的同时要制作悬念**。书名必须要精准地反映故事内核，如果能同时引起读者的好奇、疑问、兴趣，都是我们的加分点，比如：《消失的第14个台阶》

投稿部分短篇小说的渠道方或工作室，是不需要我们设计封面的，这些工作室和渠道方会帮我们免费设计；如果投稿大型网站，有一些需要我们自行设计封面。

短篇小说的封面设计流程和长篇小说的流程是一样的，强烈建议大家在淘宝、拼多多等平台，花 3～5 元购买一个封面。自行设计费时费力不说，还容易出力不讨好。本小节，我们不会给大家讲解如何设计封面，只会给大家讲解在淘宝、拼多多等平台购买封面及设计封面时的规避事项。

注：部分平台发布短篇小说时，封面只需要在该平台的素材库中选择一张与作品

风格相符的横版图片即可，这种情况下也不需要我们单独购买或设计封面。

短篇小说封面陷阱	
①	**避免分辨率过低**。尤其注意，在收到定制好的封面时，一定要下载原图，上传到短篇小说平台时，也要上传原图。千万不要在没有使用原图的情况下多次转发，分辨率会很低
②	**避免水印、版权、字体花哨等低级问题**。我们在设计封面时，一定要注意，互联网上找到的部分图片可能会在上、下、左、右4个边角有水印，凡是带水印的图片均不可以使用。此外，如果图片上有明显的版权信息或极其花哨的字体，以及某些明星画面，全都是扣分项
③	**封面信息与作者信息一致**。在设计封面信息时，要确保封面上的作者信息，与书名信息完全一致
④	**确保小说主题必须与封面相符**。一些短篇小说平台上传封面时，并不像长篇小说那样严苛，甚至封面上都不用出现文字，只需出示一张图片即可。而这时就一定要确保图片内容和小说主题相符，比如都市言情的短篇小说封面，不可以出现科幻、玄幻、洪荒等元素

因为大部分的短篇小说平台，对于小说封面的要求不高，甚至没有要求。所以，我们只简单列举几项短篇小说的注意事项。此外，长篇小说封面的注意事项，可以同步到短篇小说来，我们不再赘述。

接下来直接给大家展示短篇小说中，最难创作的环节之一：导语设计。

短篇小说导语陷阱	
①	**避免逻辑混乱，语病频出**。短篇小说的导语能给读者留下第一印象，作品的好坏、内容的优劣，老读者一眼就能够看出来。也正因如此，我们在设计短篇导语时要万分谨慎，不可出错，尤其是最基本的逻辑问题、语句问题

续表

短篇小说导语陷阱	
②	**避免缺乏核心冲突**。平台一般建议短篇小说的导语，字数在50～300字之间。真实创作时，导语一般在150～250字之间，我们取一个中间数字——200字。这就意味着我们要在200字内，让读者看到明显的剧情冲突、核心矛盾、角色矛盾及人物驱动力。而在200个字内展示出这些内容，其一，需要极强的笔力；其二，更要有读者意识，不要把导语做成流水账
③	**避免主角模糊，缺乏代入感**。给大家强调一点：大部分的短篇小说是以第一人称创作的。第三人称创作的不一定是劣质短篇小说，而是很难有代入感，需要极高的功底，才会有可观的流量。所以我们在设计短篇小说导语时，尽可能用第一人称，同时要清晰介绍关键信息，包括但不限于主角是谁？有怎样的处境？该处境如何引起读者共鸣
④	**突出角色的独特之处**。主角可以有一个特殊身世，比如：父母重男轻女、父母在年少时失踪；也可以给主角安排特殊矛盾，比如：常规套路中的杀父之仇、夺妻之恨；更可以给主角塑造特殊的危机，比如：莫名其妙来到平行世界
⑤	**简洁有力，反复打磨语言**。建议大家在创作短篇小说时，参考下边的流程：先构思导语，再构思短篇小说前1/3的故事剧情，并设计付费点；然后重新构思导语，再继续创作短篇小说的中间高潮部分；最后再次根据现有节奏重新构思导语，去创作完结部分内容和番外内容。简单来讲，一部优秀的短篇小说，导语最少打磨三次
⑥	**留有钩子**。理论上来说，书名是一个钩子；封面是一个钩子；导语也是一个钩子。只不过封面是视觉钩子，导语是文字钩子。但相比较来说，导语的钩子往往更重要，钩子的核心指标只有一个：在阅读完导语后，能在最短时间内激发读者的好奇心，让他们产生一定要读这个故事的冲动

我的短篇小说书名有如下问题：

我的整改方案：

我的短篇小说封面有如下问题：

我的整改方案：

我的短篇小说导语有如下问题：

我的整改方案：

5.3　付费点设计陷阱

短篇小说的付费点是什么？大家可以简单理解为：读者读到中间精彩剧情时，将会被动停止阅读，除非支付费用，才可以继续阅读。不夸张地讲，我们精心设计付费点，本质是让读者心甘情愿地支付这笔钱，而这个付费动作，是决定作品商业成功的关键环节。

短篇小说付费点设计陷阱	
①	**避免过早收费**。短篇小说付费点一般在整本小说字数的1/3～1/2之间。如果整部作品的字数是1万字，那么付费点应该是3000～5000字之间。付费点设计过早，读者并不能与作品产生共鸣，很难付费；付费点设计过晚，又会让读者猜测出后续剧情发展，影响到用户的付费意愿
②	**避免在平淡处付费**。付费点一定不可以在情节平淡、缺乏张力或无悬念的过渡性小节设计，无法激发读者的阅读欲望

续表

短篇小说付费点设计陷阱	
③	**避免生硬中断**。原则上，付费点不建议在句子中间或段落中间粗暴中断，这样很容易扰乱阅读的流畅性，让读者的体验感极差
④	**避免虚假承诺**。比如：在某一段明确标记，主角当场毙命、真相破解、配角崩溃。做一个极大反差来引导读者付费，但读者付费后发现，后续剧情与之前的承诺无任何关联，这是严重违规的
⑤	**尽最大可能增加读者的付费意识**。包括但不限于设计足够的悬念、构造读者很想知道的问题、制造猛烈的情感冲突，将主角置于极端的困难危险、生死抉择中，并有极限反杀的机会，或设计一个核心谜题，且谜题即将揭晓，让读者感觉只差临门一脚等
⑥	**尊重各平台的付费机制**。短篇小说相较于长篇小说来说，最大的问题在于：三方或者渠道方比例极高。所以理论上我们会遇到各个渠道方关于付费点设计的不同要求和标准，一定要符合各个平台的调性，达到读者的期待值

我的付费点设计为：

是否选择该付费点	具体环节	位置特征
□是/□否	生死抉择时刻	主角面临物理/精神生存危机，必须立即选择
□是/□否	真相揭露临界点	核心秘密/身份即将曝光
□是/□否	终极反转降临	颠覆性反转发生的瞬间
□是/□否	多线叙事交汇处	平行发展的多条故事线在此碰撞引爆矛盾

续表

是否选择该付费点	具体环节	位置特征
□是/□否	核心能力解锁	主角获得改变命运的关键物品/能力/信息
□是/□否	情感关系质变	爱情/亲情/友情发生不可逆的转折
□是/□否	关键记忆回溯	揭示主角遗忘的核心记忆
□是/□否	系统（核心）界面弹出	任务结算/死亡倒计时/惩罚预警
□是/□否	主角二选一分支入口	提供两条剧情走向，供主角选择
□是/□否	其他	其他

我的付费点设计有如下问题：

我的整改方案：

第6章

故事创作陷阱

短篇小说在故事创作时，往往会遇到四类无法规避的问题，分别是：情绪拉扯问题、视角选择问题、人设问题和叙事节奏问题。在本章节，我们会重点讲解在创作上述四大环节时，可能存在的陷阱及规避方法。

6.1 情绪拉扯设计陷阱

短篇小说情绪拉扯设计陷阱	
①	**避免主角无目的**。短篇小说中的情绪拉扯有一个前提，即行为动机。其中尤为重要的是：主角要有强烈的、具体的、可量化，且被读者理解的目的，而这个目的既可以是爱恨情仇，也可以是生离死别
②	**为主角设置障碍**。针对主角的障碍越多，情绪拉扯越明显。要注意：障碍应该是逐步升级的，难度不能过高或过低。而障碍应该包括外部和内部双重障碍，既有外部敌人、环境和规则障碍，又有内部性格、道德约束障碍
③	**塑造大希望、小失望剧情**。让主角短暂地接近目标后，获得目标成就感，同时会遭遇部分挫折。中间的尺度把握好，主角站在希望与失望的中间点，持续不断地推动剧情发展
④	**尝试塑造虚假曙光，更能拉高情绪**。设计1～2个伏笔，让主角下意识地认为成功唾手可得，最后却发现真相隐藏在更大的阴谋中
⑤	**塑造代价递增环节**。主角为实现某目标，或获得某成果，需要不断以阶梯的代价付出
⑥	**设计复杂的人物关系表**。短篇小说不比长篇小说，因篇幅原因，核心人物往往只有3～5位，但是可以给3～5位核心人物安排复杂身份，用作关系纽带，包括但不限于爱恨情仇、利益冲突、依赖控制等

续表

短篇小说情绪拉扯设计陷阱	
⑦	**巧用信息不对称**。各个角色掌握的关键信息不同，因爱生恨、友情背叛、遭到猜忌、莫名背刺，都能够拉高情绪值
⑧	**设计道德困境下的抉择**。主角究竟是向善而生，还是向恶而行？不同选择间，又有道德和情感的双重碾压，更容易塑造情绪
⑨	**塑造极限环境，提高情绪拉扯力**。这个技巧有题材限制，一般惊悚、规则怪谈等系列作品，在创作时可以使用，包括但不限于利用黑暗环境、密闭空间、未知生物、特殊现象、心理暗示等，塑造主角或其他角色的紧张刺激感或危机意识
⑩	**可以煽情，但不要过度煽情**。短篇小说的情绪拉扯是可以煽情的，包括但不限于亲情、爱情、友情，巧妙运用很容易让主题升华，但如果过度运用就很容易过犹不及，导致读者反感

我的情绪拉扯设计是：

我的情绪拉扯有如下问题：

整改方案：

6.2　视角选择陷阱

短篇小说惯用的视角一般是第一人称视角，除此之外，还有两类特殊视角：第三人称上帝视角以及第二人称视角。这两类视角创作比例低，且难度大，不在本小节的讲解范围内。

短篇小说视角选择陷阱	
①	**避免视角混乱。**尤其注意，第一人称就是第一人称，第三人称就是第三人称，两种视角是不可以随意转换的。长篇小说允许第一人称和第三人称转换，比如第一章开头时，第一人称转第三人称；但短篇小说因篇幅和创作结构原因，是不允许出现这种情况的
②	**第一人称只能看到个人视角以内的信息。**如果短篇小说是以第一人称创作，那主角只能看到自己的视角信息，是不允许视角分散的，不可以让剧情聚焦在主角时，突然描写周边角色的心理想法
③	**第三人称创作切换视角时必须分段。**第三人称创作可以切换到不同角色的视角，描述不同角色的心理反应，但不同角色的心理描写或视角需要分段创作，便于区分
④	**人物视角不得割裂。**第三人称创作时，每个人物都是独立个体，那么这个个体所做的动作应该是关联的、连续性的，不可能上一秒他是某个动作，下一秒直接切换另一个动作，两个动作间毫无关联，会导致视角割裂
⑤	**第一人称视角创作时，可以在番外设计多人称视角。**如果是第一人称视角创作的短篇故事，那么在整部作品中，都要用第一人称视角来勾勒故事，但是番外例外，在番外环节中，可以引入其他角色或其他视角，补充作品细节
⑥	**短篇优先第一视角。**除非有特殊情况，否则短篇尽量用第一视角，确保内容的深度和紧凑性，让读者有更好的代入感

我的小说视角为：

在用该视角创作时，我存在的问题：

我的整改方案：

6.3　人设陷阱

在 1 万字左右的篇幅里，塑造出 3～5 个人设，并打造记忆点，难度其实蛮大的。首先字数少，塑造人物多；其次对文笔的要求较为严苛，如果塑造人设尺度过大，又会过犹不及。

短篇小说人设陷阱	
①	**避免出现人设毒点**。主角过度软弱、无能或圣母；反派的过度正义或莫名被洗白，都属于人设毒点，是不可以存在的。大部分短篇小说的人设，往往会更极端些，好就是单纯的好，坏就是单纯的坏
②	**避免塑造一个完整的人设**。短篇小说篇幅有限，我们不可能把所有角色人设都完整设计出来，只需重点标记主要的性格特质即可。比如：塑造主角勇敢、冲动的性格就可以了，不需要再塑造聪明、多疑、坚韧、固执等其他性格，这些性格对剧情推动没有帮助
③	**避免人设与剧情无关**。人设本质是为了推动情节，情节推动会使剧情更加完整，这才是一个正反馈的人设关系。所以，如果小说中出现某位角色人设极其特殊，那就必须在剧情中起到重要作用，否则这个人设便是无用的
④	**重要反派角色可以塑造人性的复杂性和矛盾性**。这其实是加分项，比如一个做过好事的坏人，或者一个做过坏事的好人，但只可以用在唯一反派上，不可以将这类人设安排在多位角色身上
⑤	**人物过多时，可以有2～3个标签性人设**。比如：莫名其妙的性格，或经常做诡异动作，再或者奇怪的说话方式，一般出现在小说中人物过多，其中几个角色介于重要与不重要之间的情况，可以通过标签性人设来加深记忆
⑥	**人设弧光是加分项**。短篇小说中的人物，不一定出现明显的性格转变，但是可以做微小变化，包括但不限于关键事件被解决后，人物做出的反应和成长，都属于加分项

续表

短篇小说人设陷阱	
⑦	**一定要确保人设一致性**。短篇小说中的人物，在剧情开始和剧情结束时，不可以出现明显变动，如果非变动不可，则需要有足够强烈的情节诱因和内在逻辑支撑

我的小说主角人设为：

我的小说三个重要配角人设为：

小说人设设计时，我存在的问题为：

我的整改方案为：

6.4　叙事节奏陷阱

短篇小说的叙事节奏是其成败的核心。它既决定了读者的阅读体验感是顺畅还是阻塞，又能决定读者是否会为这部作品付费，所以我们始终保证一个原则：叙事节奏要创作出张弛有度、环环相扣、高潮迭起的阅读氛围。

短篇小说叙事节奏陷阱	
①	**开篇10%～20%确定基调，引出悬念**。短篇小说要在开篇迅速切入核心冲突，同时给读者留下极强的悬念感，这是能勾住读者持续阅读的唯一要素
②	**开篇避免冗长的背景介绍或科普**。短篇小说也是小说，小说本质是叙事，而不是讲理；是让读者阅读故事，而不是让读者学习知识，所以科普或背景介绍的内容越少，读者阅读的可能性越高

续表

短篇小说叙事节奏陷阱	
③	**剧情发展的60%～70%要升级冲突，铺设伏笔**。短篇小说的剧情发展一定要围绕核心冲突创作，通过设计逐步升级的障碍，慢慢往剧情高潮方向引导，在这个过程中，要展现出主角的成长变化，确保剧情节奏具备起伏
④	**发展高潮，需要有冲突爆发，同时要达到情绪的最高点**。可以简单理解为：小说的高潮是将所有矛盾、所有的伏笔汇聚于此
⑤	**小说结局要满足读者的期待感**。要呼应小说的开篇，或剧情中留下的伏笔，适当填一些坑，可以不全填完，但起码要保证90%以上的伏笔被回应，同时要揭示主角的命运
⑥	**开放式结局要慎重创作**。并不是每本短篇小说都可以设计开放式结局。主角最终行踪未明，或好坏未分辨，这种情况如果设计巧妙，的确是加分项，但能掌握节奏并进行创作的概率极低，新人作者不建议创作
⑦	**中间过渡剧情尽可能省略**。短篇小说中，如果涉及长时间线，比如5个月、5年，而在这5个月或5年的过程中，并没有发生对剧情有帮助的事件，可以一笔带过，比如：“时光飞逝，眨眼已是5年后。”
⑧	**短句短段、强对话**。短篇小说因为篇幅原因，是不可能给我们留有大量空间创作无意义对话的，所以应该用简洁有力的短句短段，同时用对话重点表明状态，比如：“张三往前走两步，怒吼道”或“李四一脚踏入花园”，人物出现后直接带动作

我的叙事节奏有如下问题：

我的解决方案：

第7章

完稿运营陷阱

短篇小说在初稿创作完成后，还会有几个额外动作：其一，结局的精修设计，以及是否考虑创作番外剧情；其二，如何找到适合自己的发表平台；其三，签约合同时，有哪些规避事项。我们将在本章中重点讲解这三个问题。

7.1 结局设计与番外延伸陷阱

短篇小说的结局分为两类：其一，中规中矩，比如善有善报、恶有恶报；其二，惊天反转，比如今日方知我是我。相较而言，惊天反转往往更能给读者震撼感；番外也是同理，小说正文完结之后，如果做出某些角色的1～2个番外小情节，而且能点题或做剧情升华，作品的市场度会更高。

短篇小说结局设计与番外延伸陷阱	
①	**一定要确保核心冲突被解决**。短篇小说在完结时，要多次判断主角是否达成目标，以及是如何达成的，主角与主要对手较量结果如何？要给出一个明确的答复
②	**避免人物没有变化或成长**。小说中的重要角色在经历层层事件后，一定会在认知、情感、信念或状态上，发生一处或多处变化，并且这些变化，一定是逻辑自洽且合理的
③	**升华主题是加分项**。如果小说结尾能有关于人性、情感、命运、社会等多方面的深维度探讨，并有1～5段的深入思考，很容易升华主题，给读者留下震撼

续表

短篇小说结局设计与番外延伸陷阱	
④	**圆满结局＞开放式结局＞悲剧结局**。短篇小说的结尾中，如果主角能达成目标，克服困难，获得积极结果最好；如果冲突暂时平息，但未来走向不明，或给主角留下一个悬而未决的问题，次之；最差的结局是，主角最终失败，遭受重大损失，且毫无收获
⑤	**避免番外为了创作而创作**。短篇小说的番外一定有其创作意义，如果没有创作意义，宁肯不写也好过烂写
⑥	**后日谈番外＞其他人物视角番外＞世界观设定番外**。如果番外展示的是人物命运的某个关键状态，而且这个状态是正片结束后的状态，则会让作品余韵保留得最好；如果番外讲的是配角的视角，或某一个特殊角色在整起事件中取得的收获，次之；最差的是番外讲世界观，或只有一个简单科普
⑦	**番外绝不能与正文冲突**。可以简单理解为，番外是短篇小说完结后的产物，所以番外不可以给短篇小说正文带来任何冲突或坏的影响，并且原则上番外不允许独立成篇
⑧	**确保番外的简洁干练**。短篇小说的番外字数一般不超过1000字，番外字数过多，会影响到作品的完读率

我最新写的一本小说的结局为：

我认为结局存在哪些问题：

我最新写的一本小说的番外剧情为：

我认为番外剧情存在哪些问题：

7.2　渠道适配陷阱

短篇小说除了发在知乎、番茄、七猫等大型的网站外，还可以发在渠道方或者三方工作室。尤其注意：当我们的作品签约到工作室时，是有不同签约模式的，我们一定要确保个人利益最大化，否则很有可能出现作品成为爆款，但与作家无关的尴尬情况。

短篇小说渠道适配陷阱	
①	**知乎发展前景最好**。目前的短篇小说平台，知乎无疑是能排在头部的。当然，如果给其他平台时间，像七猫中文网、番茄小说网和一些工作室带来的收入也非常不错。条件允许，建议作者优先尝试投稿到知乎，如果不能签约，再考虑其他平台
②	**避免一稿多发**。短篇小说和长篇小说一样，都属于独家签约版权，即作品发表在一个平台，大量权益都会归属平台，所以不允许作品既发表在A平台与A平台签约，又发表在B平台与B平台签约。这一点长篇小说和短篇小说的标准是一致的
③	**避免和平台调性不适配**。短篇小说因受众群体特殊，往往会有工作室只收某一类短篇作品的情况，内投前要优先判断本作品与该工作室往期收稿作品是否适配
④	**避免买断价格过低**。短篇小说工作室买断新人作品的价格一般是千字10～100元，如果低于10元意义不大，比如：短篇小说总字数为1万字，那么获得的直接收入就是100～1000元之间。如果短篇带来的实际收入低于100元，需慎重考虑

续表

短篇小说渠道适配陷阱	
⑤	**避免作品签约小众平台**。部分工作室本质属于渠道方，签约一部作品最终给的保底或买断价在30～200元之间，极大限度地压榨这部作品的价值空间。如果我们的作品无法在知乎签约，强烈建议大家去番茄小说网、黑岩网等知名度较高的平台

我的作品发表在（网站、工作室、渠道方）：

在发表作品时，我更看重的关键因素为：

7.3　签约合同陷阱

如果我们的作品是和大平台签约，则无需关注合同，因为这些合同是批量制作，且不以作者的意志为转移；但如果和三方、渠道方等小型平台或网站签约，就一定要注意合同问题。

短篇小说签约合同陷阱	
①	**避免群发邮件**。在没有和平台、工作室签约前，是可以一稿多投的，但需单独投，不可以把一份文件群发到多个三方或工作室
②	**避免投稿出现疏漏**。将作品以附件的方式放入word文档中，标题命名为书名、笔名、联系方式，投稿到对应编辑邮箱时，要额外补充一句短篇内投。一般投稿结束后，编辑会自动回复一封邮件，主要内容为：投稿需求以及回稿周期。如果连续7个工作日仍然没有答复，可以考虑投别的平台

续表

短篇小说签约合同陷阱	
③	**避免签约信息疏漏**。短篇小说签约时，姓名、身份证以及银行卡号等关键信息，不要出错
④	**开口即得三分利**。签约之前，买断金额或能给予的保底金额在部分平台是可谈的，只要能加到编辑老师的联系方式，就大胆去谈。如果这部作品不符合标准，无法追加稿酬也无所谓；但如果符合标准，要去争取属于自己的利益。对于大部分作者来说，能拿到的保底收入，往往就是你能拿到的最高收入
⑤	**坚决不做免费投稿**。部分工作室抓住作者迫切签约的心态，对作者表示平台会有多渠道、多流量，同时把你的作品签约到该平台后，按照阅读量来分成收入。一些大型网站的确能保证多流量，也能保证高收入，但是对于三方或工作室来说，这种行为无异于是巧取豪夺，你的作品很有可能打了水漂，遇到这种情况直接拒绝即可
⑥	**避免全网发布**。短篇小说和长篇小说相似，没有确定发布平台前，优先内投；投稿通过，再和各平台洽谈签约事宜，之后发布在相应平台。原则上不建议把作品发布到网络，然后再去找平台，这样操作会有两种情况：其一，一些工作室或三方未经我们许可，直接拿我们作品发布，给我们造成损失；其二，平台无法判定作品是否为我们的原创内容，直接拒绝签约

我的作品签约平台为：

该平台的合同是否公允？存在哪些问题？

当我们读完这一小节时，目前短篇小说在创作时遇到的各种陷阱和坑就讲解完毕了。希望大家能够学以致用。在创作每部作品的过程中，都可以完美地把陷阱避过。

诸君，加油！

第3部分

作家采访——回首来时路

为了给大家提供更具象、更贴近实战的写作认知参考，在本书结尾附上我对丙润文学的部分学员单独组织的调查问卷。在调查问卷中，会给大家详细讲解一位作家在创作过程中可能会遇到的问题、困难以及心得体会。

希望通过这种系统梳理的方式，给大家传递一手的写作经验和建议。

注：因时间原因和篇幅原因，我只挑选了丙润文学今年有代表性的几位作家，参与本次问卷调查。这些作家提供的建议和意见，强烈建议大家认真阅读，会有不小的收获。

丙润文学腰部作家调查问卷表	
昵称	齐家
当前职业状态（兼职/全职）	兼职
主要创作题材	历史脑洞
写作成就	番茄小说网LV.5级作者，单月最高收入4万
我认为写作成功最关键的3项能力	☐ 故事架构　☐ 人物塑造　☐ 文笔感染力 ☐ 市场嗅觉　☐ 持续输出力　☑ 对话玩梗 ☑ 抗压心态　☑ 密集爽点布置，开篇300字塑造代入感
我每日能高效写作的实操方法	每天喝咖啡，集中注意力
我认为突破创作瓶颈的有效策略	☐ 跨领域学习　☐ 建立素材库　☐ 限时写作挑战 ☑ 与读者/编辑深度交流　☑ 读其他小说找素材
如果重走写作路，我会避免的3个最大失误	1.我的第一部作品写到75万字，居然没坚持到100万字就匆匆完结，匆匆开新书，丢失了很多流量 2.期望值不要太高，就不会太失望。不要总是想着月薪过万元，免得影响创作心态 3.后来开新书，10万字没起飞，舍不得切，导致浪费时间
对零基础新手的至少3条写作建议	1.阅读量少写不出书，阅读十年前的书写不出现在的书 2.不要熬夜，多运动，码字时间超过一小时要休息（灵感来了除外）

续表

丙润文学腰部作家调查问卷表	
对零基础新手的至少3条写作建议	3.不要以为“自己写的文太好了，不火就是因为平台不给推荐、不给流量”，要真诚地告诉自己，自己一开始写的就是垃圾，直到知道哪里是垃圾内容，并且知道怎么修改，再考虑平台问题 4.坚持日更6000字 5.坚持一年不请假
我认为新手写作时，最容易遇到的问题及解决方案	最容易遇到的问题：依照自己以往的读书经验写书，或者按照语文课文、名著、传统小说的套路和文风去写作，或是用自己读过的网文去惯性思考 解决方案：在投稿平台寻找近期最热的10本同类书，找代入感、切入点、文风、开篇节奏、叙事方法、人物塑造顺序和技巧，或者反推大纲和爽点分布（多少字一个爽点，多少章节一个小故事、大故事）

丙润文学腰部作家调查问卷表	
昵称	郝幸运呀
当前职业状态（兼职/全职）	兼职
主要创作题材	古代种田、现代言情
写作成就	共创作四部作品，累计字数超200万字，单月最高收入5000元，历史最高阅读量47万
我认为写作成功最关键的3项能力	☑ 故事架构　☑ 人物塑造　☐ 文笔感染力 ☐ 市场嗅觉　☑ 持续输出力　☐ 对话玩梗 ☐ 抗压心态　☐ 其他

续表

丙润文学腰部作家调查问卷表	
我每日能高效写作的实操方法	设置固定的交稿时间，提前构思好内容，码字时就不易卡文
我认为突破创作瓶颈的有效策略	☑ 跨领域学习　☑ 建立素材库　☑ 限时写作挑战 ☐ 与读者/编辑深度交流　☐ 暂时停笔沉浸生活
如果重走写作路，我会避免的3个最大失误	1.选好题材。去新书榜看看各个题材的热度，热度越高，越事半功倍（但也要考虑自己的擅长的方向） 2.要有存稿。至少要有一万字的存稿，每天更新4000字，就要码5000字，以备不时之需（比如卡文、没时间写作等情况） 3.不写虐文。虐文等于毒点，一定要注意（对大部分小说题材而言）
对零基础新手的至少3条写作建议	1.多看榜单文风。了解平台读者喜好，学习其他作者是如何构建人物的？情节如何推进？氛围如何营造？对话如何更自然？遇到喜欢的句子或段落，停下来分析为什么好 2.笔耕不辍，每天都要码字，养成码字的习惯。写作唯一失败的方式就是放弃，只要你持续在写、在学习、在改进，你就走在成功的路上 3.适量玩梗。多上网了解网络热梗，写进自己的小说里，更容易引起读者互动，增加小说的趣味性，能有效留住更多的读者
我认为新手写作时，最容易遇到的问题及解决方案	1.别怕写出来的东西没人看。只有先写出来、发出去让读者检验，才能知道自己哪里写得好、哪里写得不好，才能进步 2.看到读者的评价时，要认真考虑读者的意见，尤其是多人指出的相同问题。但最终决定权在你手里，不是所有建议都需要采纳

丙润文学腰部作家调查问卷表	
昵称	邪修大师兄
当前职业状态（兼职、全职）	全职
主要创作题材	都市、历史
写作成就	七猫中文网保底作家，一年内保底字数218万，稿费5万元
我认为写作成功最关键的3项能力	☑ 故事架构　☐ 人物塑造　☐ 文笔感染力 ☐ 市场嗅觉　☑ 持续输出力　☐ 对话玩梗 ☑ 抗压心态　☐ 其他
我每日能高效写作的实操方法	我这人比较懒，还有拖延症，剧情内容都想好了，还是不到晚上不想写。后来加入丙润文学橙瓜战队，跟年卡群里人一起拼字，速度有显著提升。（注意不要跟群里人聊天，不然比平时写得更慢！）
我认为突破创作瓶颈的有效策略	☐ 跨领域学习　☐ 建立素材库　☐ 限时写作挑战 ☑ 与读者/编辑深度交流　☐ 暂时停笔沉浸生活
如果重走写作路，我会避免的3个最大失误	我想了想，没有3个失误。我最大的失误就是不断换题材，刚开始写的时候，写出一些成绩，成功从七猫中文网分成到转保底，那时候写作不久，感觉有点儿飘，想挑战难度较高的题材，历史权谋、传统玄幻（这两类在七猫中文网成功便可成神），结果成绩只能算是中等，没有达到想要的效果。最近回归原来的题材，测试期间在读人数过万

续表

丙润文学腰部作家调查问卷表	
对零基础新手的至少3条写作建议	1.多看书。看自己想写题材的同类书，积累经验，学习作者如何拉扯情绪、剧情如何铺垫、核心爽点是什么 2.动笔。脑子里想跟动笔写不是一回事，有时候脑子里想得天花乱坠，感觉是一部足以封神的鸿篇巨著。可到动手的时候，却发现根本写不出来。其实写网文很简单，不需要多高深的文笔和笔力，只要把故事顺畅讲述出来就行，这个能力只有多写才会更快掌握（最好写出来发平台，经过读者检验，对自身的提升帮助更大） 3.坚持。网站最低要求每天4000字，最好6000字。经过我亲身测试，日更6000字以上，在七猫中文网容易起量。再有，做好作品数据扑街的准备，有的作者一本不行就失去写作信心，完全没有必要
我认为新手写作时，最容易遇到的问题及解决方案	这个不好说，一人一个样。有人想写鸿篇巨著；有人想写自身传奇；有人觉得脑洞逆天肯定能火。以上这些我都不说，我就说说想赚钱的作者，网文说到底是商品，读者就是顾客，想从顾客手中赚钱，必须要迎合他们的口味 想写出赚钱的作品，开书前要想好，是给什么年龄段读者看？这类读者偏好、爽点是什么？比如：年龄较小的读者喜欢新奇脑洞、网络热梗；年龄较大的读者要求作品有逻辑、有深度等。另外，还可以参考网站题材偏重、新书榜阶段性读者喜好。不过，这些对新人来说好像有点儿难，最好是有个老师引导，帮着总结各方面信息

丙润文学腰部作家调查问卷表	
昵称	帕累托最优
当前职业状态（兼职/全职）	全职

续表

丙润文学腰部作家调查问卷表	
主要创作题材	短篇小说
写作成就	信阳市作协会员，顶端文学年度小说十佳选手，单篇短篇小说收入过千元
我认为写作成功最关键的3项能力	☑ 故事架构 ☑ 人物塑造　□ 文笔感染力 ☑ 市场嗅觉 □ 持续输出力 □ 对话玩梗 □ 抗压心态 □ 其他
我每日能高效写作的实操方法	我们刷到的任何电影、电视剧、短视频，或脑中突然有的想法，都要立即记录下来，不管能不能写出一本优质小说，都要先以此为基础写下一段内容。如果可以延展为一篇优质小说，便努力优化；如果不能，把整个灵感留下来，等日后创作其他小说时，或许能用得上。时间长了，灵感库便建立起来了
我认为突破创作瓶颈的有效策略	☑ 跨领域学习 ☑ 建立素材库 □ 限时写作挑战 □ 与读者/编辑深度交流　☑ 暂时停笔沉浸生活
如果重走写作路，我会避免的3个最大失误	1.避免执念化写作：铁了心用某一个灵感素材完成一部小说，而不考虑小说市场化需求 2.避免自嗨式写作：不考虑读者的需要，只顾自己写得爽 3.避免低质重复化写作：为了堆量，忽视小说本身的质量，导致自己陷入创作怀疑
对零基础新手的至少3条写作建议	1.一定要找准属于自己的赛道：最适合自己的赛道，一定是写起来最顺畅的 2.多阅读同赛道或相关赛道小说：最得心应手的灵感，往往来自你了解的事物 3.尽量尝试自己拆文：自己苦思冥想如何打造爆款小说，不如多拆几部爆款小说

续表

丙润文学腰部作家调查问卷表	
我认为新手写作时，最容易遇到的问题及解决方案	1.如何保证自己的持续创作能力？稳定的创作环境，是持续创作的前提！写作是一个需要心态和环境配合的职业，如果有可能，从事写作之前，尽量有一份稳定的职业或者收入。如果写作被家庭、工作和生活琐事干扰，是无法持续创作的。很多人无法持续创作的原因，不是写不出来或者灵感没了，而是被其他因素扰乱了状态 2.写着写着突然思路没了，怎么办？这有两种可能，一种是原本的思路和题材不适合写下去，需要变换思路或者题材，可以换个环境出去走走，回来再写，或者借助AI提供灵感。另一种是自身状态问题，先找到影响自己状态的原因，如果能解决，思路自然就来了；如果不能解决，等问题过去，再做考虑 3.自己写的作品自己不满意怎么办？恭喜你，越过这一关，你又进步了。方法简单粗暴：围绕这个题材或者剧情设计，不断换角度重写，不行就再次重写，虽然会费点儿时间，但总能写出一个满意的作品。最关键的是：你可能为此创作出多部衍生作品，还会有意料之外的感悟和收获

丙润文学腰部作家调查问卷表	
昵称	慕辞
当前职业状态（兼职/全职）	全职
主要创作题材	同人、耽美
写作成就	写书三年，字数超600万，曾获当前标签热度第一，40万人在读

续表

丙润文学腰部作家调查问卷表	
我认为写作成功最关键的3项能力	☑ 故事架构　☑ 人物塑造　☐ 文笔感染力 ☑ 市场嗅觉　☐ 持续输出力　☐ 对话玩梗 ☐ 抗压心态　☐ 其他
我每日能高效写作的实操方法	1.作为一个全职作者，不要觉得你有一天的时间来写文。早上起来，先把今天的更新字数确定，之后直接写。你是要写4000字、6000字，还是10000字？如果是更新4000字，建议写到6000字，因为要备一点儿存稿，预防你突然有急事，毕竟断更，可能会缺全勤 2.我经常翻别人的拆文帖子，快速学习别人爆款的剧情和爽点，也注重学习其他的套路技巧，都说活到老，学到老，人都是要与时俱进，不断向上，才更容易出成绩 3.最关键的是，不要浪费任何一个灵感。一个故事的开端往往从灵感、创意开始。日常生活中，会碰到很多事情，身边发生的冲突、争吵、热闹，我都喜欢记下来，写感情文时，用到故事里，都会很真实，这也是一个素材积累，尤其是写短篇，家长里短的，就很有用
我认为突破创作瓶颈的有效策略	☐ 跨领域学习　☑ 建立素材库　☐ 限时写作挑战 ☑ 与读者/编辑深度交流　☐ 暂时停笔沉浸生活
如果重走写作路，我会避免的3个最大失误	1.注意人设。没有太完美的人设，有缺陷的人设在一定程度上也是看点。早期没有设定好人设，容易引起人设前后不一，人物的代入感不足 2.视角问题。不要这一段是主角视角，下一段又是另一个人的视角，显得画面混乱。视角不要换得频繁，主要的视角是主角 3.学会建立自己的素材库。可以快速查到自己需要的素材，也避免浪费时间

续表

丙润文学腰部作家调查问卷表	
对零基础新手的至少3条写作建议	1.定下写作目标。你是想写你喜欢的文，还是要走商业化道路？目标不同，准备的过程也不同。如果是因为感兴趣，那可以随意写；但想要商业化，想要赚钱，就要去调查网文市场了 2.确定你要写的方向之后先写起来。不管好与坏，先写就是了，而且还要坚持写；也不必怕自己写不好，不实践永远是纸上谈兵，想要提升写作的技巧，那就要不停地写 3.业余时间，可以多看看热榜文。你可以不喜欢，但人家成功必然有成功的道理，学会扫榜、拆文，建立自己的素材库，但不建议辞藻堆砌，太过华丽的词汇，也不一定能引起共情。实在没想法时，去拆一本热榜书，学习套路，仿写出一本来，实践出真知，这样更容易发现自己的问题。当然，仿写练习只是第一步，之后的套路、爽点发掘、剧情节奏的把控，都需要一步步地打磨 4.注意社会热度、热梗。大部分人都是喜欢与时俱进的，热点之所以能成为热点，就是因为关注的人多，热梗、有趣的东西，更容易爆
我认为新手写作时，最容易遇到的问题及解决方案	1.不要完美主义。不要一直查各种资料、人设，读者有时并不在意文中的专业知识和剧情逻辑，纠结这些，反而更容易引起拖延症，完成比完美更重要 2.避开冷门题材。写热门题材更容易出成绩，当然，不缺乏有文手觉得自己要为爱发电，这就是个人发展的目标不同了 3.避免流水账情节。太过平淡的情节，劝退部分读者。你写下的情节、场景都应该对你的情节推动有一定意义，而不是单纯的人物日常，如追妻火葬场的感情流题材，核心的主线就是两个主角对彼此感情的发展变化，而你设定的情节要推动他们的情感变化，不能一成不变